순한글신문을 만든 독립운동가
이종일 평전

일러두기

본문 중 인용문은 원문을 그대로 살려 실었으나, 어려운 단어에는 독자의 이해를 돕기 위해
한자를 달았다.

언론의 길을 묻다

순한글신문을 만든 독립운동가

이종일 평전

김삼웅 지음

소동

이종일 선생의 평전을 추천하며

학문을 하는 사람으로서 김삼웅 관장님은 언제나 존경과 귀감의 대상
이신 분이다. 역사 전문 연구자들이 미처 읽지 못한 정사와 야사 사이
의 숨은 이야기를 밝히는 혜안과 성실함을 겸비하셨을 뿐만 아니라
우리 근현대사에 대한 무한한 애정을 가지고 계시기 때문이다. 그렇
기에 이제껏 그 누구도 시도하지 못했던 인물 평전이라는 저술 영역
에서 독보적인 업적을 남기고 계시다. 늘 감사드리는 전 독립기념관
관장이신 김삼웅 선생이 쓰신 이종일 선생 평전에 추천의 글을 쓴다
는 것은 내게 무한한 영광이다. 동학·천도교를 평생의 연구과제로 삼
아 온 나로서는 우선 고맙고 기뻤지만 한편으론 부끄럽기도 했다.

동학인 이종일 선생은 제대로 된 평가를 받지 못한 대표적인 우리
근대사의 인물이기에 부끄러웠고, 이제야 비로소 제대로 된 평전이
나왔다는 것이 만시지탄이지만 매우 고마운 일이 아닐 수 없다. 그것

도 김삼웅 관장님께서 저술해 주셨다니 이보다 더 기쁠 수가 없다. 관장님은 그간 동학을 창도한 수운 최제우와 동학을 널리 퍼트린 해월 최시형을 비롯해 동학의 3대 교주로서 3·1운동을 주도한 의암 손병희, 동학농민혁명의 지도자 녹두장군 전봉준, 백범 김구 등 우리 근현대사에 커다란 발자취를 남긴 민족종교이자 사상인 동학·천도교와 관련된 인물들의 평전 등을 저술하면서 동학과 깊은 인연을 맺어 오셨다. 나는 동학·천도교 연구를 하면서 관장님 덕분에 인물 연구에는 크게 신경 쓰지 않을 수 있었다. 다시 한번 고마움을 표한다.

이번 평전의 주인공인 이종일 선생은 충남 태안 출신으로, 구한말 조정의 관리였다. 그러나 선생은 당시 소외된 층이 주로 신봉했던 동학에 따듯한 시선을 가지고 있었다. 그러다가 뒤에는 적극적으로 지지했고, 이내 입도해서 평생을 동학 천도교인으로 살았다. 그가 《제국신문》을 만들 때 민중들이 읽을 수 있는 신문이 필요하다는 생각에 순한글판으로 제작했는데, 이는 전적으로 수운 최제우의 민중 사랑의 영향 때문이었다. 학자 출신인 수운 최제우는 동학을 창도하고 당신이 깨달은 바를 경전으로 남겼는데 그것이 동경대전이다. 그러나 동경대전은 순한문이어서 자신과 같은 지식인들은 쉽게 읽을 수 있었지만 백성들에게는 너무 어려웠다. 그 때문에 수운 최제우는 민중들도 쉽게 읽을 수 있도록 순한글 경전인 용담유사를 지었다. 더욱이 용담유사는 누구나 쉽게 읊조릴 수 있는 가사체로 되어 있어 당시

추천사

민중들이 노랫말처럼 읊조릴 수 있었다. 이 밖에도 이종일 선생이 강조한 여성 교육이나 교육의 중요성, 출판 계몽운동 역시 모두 동학의 영향이었다고 할 수 있다.

역사에서는 기록을 중시하기에 기록에 없는 내용을 언급하기가 꺼려지지만, 때로는 기록의 이면을 읽을 필요가 있다고 본다. 나는 몇 차례 이종일 선생의 흔적을 찾기 위해 일본에서 체류했던 여정을 추적한 적이 있다. 이종일 선생은 1882년 9월 박영효 수신사의 일행으로 일본에 갔었다. 당시 일본 배인 메이지마루(明治丸)호에서는 국가의 상징이 필요하다는 선장의 조언에 따라 선상에서 태극기가 최초로 제작되었다고 알려져 있다. 그러나 과연 태극기가 박영효의 단독 작품인지, 함께 갔던 이종일 등과의 합작인지에 대해서는 구체적 내용이 없다.

나는 박영효의 태극기 제작에 어떤 형식으로든 이종일 선생이 참여했을 것으로 본다. 기록에는 없지만 이종일 선생은 이미 어린 시절부터 태안 최고의 천재라는 소리를 들을 정도로 성리학과 동양 사상에 능통했기에 충분히 태극 문양과 건곤감리의 사괘를 배치한 태극기 문양의 제작에 지식을 발휘했을 것이다. 그리고 마침내 9월 25일 일본 고베시에 도착한 수신사 일행은 선상에서 만든 태극기를 항구 근처의 숙소인 니시무라(西村) 여관 옥상에 최초로 게양했다.

현재 니시무라 사진관으로 사용되고 있는 이 건물에는 당시를 나타

내는 아무런 표식도 남아 있지 않다. 최초로 우리나라 태극기가 걸렸던 현장인데도 말이다. 김삼웅 관장님과 함께 일본에 남아 있는 우리 민족정신의 흔적을 찾는 답사 여행 중에 다시 찾은 현장에서 우리는 이 건물이 니시무라 집안의 건물이라는 것만을 확인할 수 있었다. 현재 동경의 해양대학에 전시 보관 중인 메이지마루호를 답사했을 때는 140여 년 전 이 배를 타고 왔던 우리 수신사들의 모습과 선상에서 태극기를 제작하던 모습을 상상해 보았다.

이종일 선생은 일본 방문에서 큰 충격을 받은 듯하다. 일본의 앞선 민도야말로 근대화를 향한 첩경이라고 판단한 선생은 이후 백성들의 민도를 높이는 일에 전력했다. 스스로 정3품의 직위에서 내려와 독립협회에 참가했고, 독립신문의 논설 필자로서《제국신문》을 발행했다. 그리고 급기야 동학을 천도교로 개명한 손병희에게 입도(入道)함으로써 본격적으로 종교를 통한 계몽의 길에 들어섰다. 특히 의암 손병희가 일본에서 가져온 최신식 인쇄기로 언론 출판을 통한 국민계몽에 진력하기로 했을 당시 가장 적임자가 바로 이종일 선생이었다. 천도교 출판사인 보성사 사장을 맡긴 것만 보아도 손병희가 그를 얼마나 신뢰했는지 알 수 있다.

이종일 선생의 민족운동은 동학과 필연적으로 만날 수밖에 없었다. 그는 일찍부터 1894년 갑오년의 동학혁명에 주목했었다. 1904년 갑진년의 동학도 중심의 개화혁신운동에 이어 1914년 세 번째로 맞이

하는 "갑" 자 년에 거대한 민족운동을 일으킬 것을 수차례 손병희에게 권유한 이도 이종일이었다. 비록 갑인년의 시도는 손병희의 자중론에 밀려 이루어지지는 않았지만 3·1혁명으로 그 결실을 맺었다.

3·1혁명에서 그가 이룬 업적은 필설로 다 할 수 없을 정도였다. 독립선언서의 인쇄와 배포, 태화관에서 이루어진 독립선언서 낭독과 옥에서의 투쟁, 그리고 출옥 후에도 끝까지 이어진 자주적 독립국가를 향한 그의 이상은 우리에게 우국지사의 전형을 보여 준다. 이처럼 선생은 꼿꼿한 선비였고, 지사의 삶이 어떠한지를 증명이라고 하듯 후학들의 본보기가 되신 분이었다. 그럼에도 아직도 많은 이에게 낯선 인물이다. 심지어 태안 생가에 있는 기념관을 찾는 이조차 드문 오늘의 현실은 무엇 때문일까? 전적으로 게으르고 무지한 후학들의 탓이라고 고백하지 않을 수 없다.

마침 출간되는 이종일 평전이 이러한 후학들의 부끄러움을 메우는 첫 출발이 되었으면 좋겠다. 이 평전은 위대한 인물임에도 이제껏 묻혀 있던 인물 이종일에 대한 올바른 기록이자, 특히 3·1혁명의 전 과정이 속속들이 밝혀지는 계기가 될 것이다. 3·1혁명의 중심 인물이 이종일 선생이었기 때문이다. 이 기록을 통해 우리 역사의 또 다른 이야기가 한결 더 풍성해질 것이다.

이종일 평전이 이제는 고령에 몸도 쇠약해지신 김삼웅 관장님이 아직 힘이 남아 있을 때 쓰일 수 있었다는 것이 감사할 따름이다. 최근

들어 과거 민주화 운동 참여의 여파로 많이 힘들어하시는 관장님을 뵐 때마다 아직은 더 힘을 내셔서 게으른 후학들을 더 많이 질타해 주셔야 한다고 되뇐다. 감사합니다. 이종일 선생님께 감사하고, 또 이를 밝혀 주신 김삼웅 관장님께 감사드립니다.

임형진(경희대 교수, 동학학회 회장)

조선 후기를 편의상 1800년에 정조가 죽고 이듬해에 순조가 즉위할 때부터로 구분한다면, 이후 1945년 해방에 이르는 140여 년은 우리 민족사에서 격동과 수난의 시대였다.

이 시기 조선 왕조는 순조 → 헌종 → 철종 → 고종 → 순종 등 군주다운 군왕이 없었고, 안동김씨, 풍양조씨, 여흥민씨 등 척족(戚族)의 세도정치로 나라의 기강이 흔들렸으며, 삼정의 문란으로 곳곳에서 민란이 일어났다. 이 같은 현상은 조선 말기에 이르러 더욱 심해져 그야말로 내우외환(內憂外患)의 위기였다. '옆으로부터의 개혁'인 갑신정변은 청국군에 의해 '3일천하'로 끝났고, '밑으로부터의 개혁'인 동학농민혁명은 일본군에 의해 엄청난 희생을 치르며 좌절되었다.

서구 자본주의 국가들이 상품 원료와 새로운 시장을 찾아 서세동점(西勢東漸)할 때, 아무런 대비 없이 문호를 개방했다가 결국 그 아류였던 일제에 국권을 강탈당하고 말았다. 2천만 동포와 3천 리 강토와 4천 년 역사가 왜적에 짓밟히는 국치의 기간이었다. 당시 이 땅에서 태어난 사람들은 운명적으로 질곡의 삶을 살아야 했다. 한말에서 일제 강점기까지 한반도는 거대한 연옥이었다.

이 시기(해방 이후에도 크게 달라지지 않았지만)에는 각기 살아가는 길이 달랐다. 소수였지만 역사의 길을 찾아 의롭게 살고자 한 그룹, 외세에 부역하면서 배부르고 등 따습고 안락하게 살고자 하는 배족의 무리가 있었다.

'역사의 길'은 험난하다. 곳곳이 가시밭길이었고, 생계는 막혔고 당사자뿐 아니라 자손들까지도 낙오되기 마련이었기 때문이다. 게다가 본인들은 투옥, 유배, 고문, 사회로부터 매장 등을 당하거나 목숨을 빼앗기기도 했다. 그런 상황에서도 신념을 지키고 정도를 걷는 이들이 적지 않았다. 마땅히 해방된 조국에서 그들의 행적이 널리 알려져야 하고 후손을 찾아 대접해야 옳다.

그런데도 해방 80년이 다 되어 가는 동안 '역사의 길'을 택한 소수의 지도자급 인사들만 조명될 뿐 주연급에 못지않은 역할을 한 조연급은 대부분 묻히거나 잊혔다. 그렇다 보니 이제까지 역사 드라마도 오로지 주연들만을 등장시킨 단막극의 모양새만을 보여 주었다.

여기서 특별히 조명하고자 하는 이종일(李鍾一, 1858~1925년) 선생은 격동과 민족 수난의 시대적 암흑기에도 '역사의 길'을 당당하게 걸

은 애국지사이고 경세가였다. 타고난 재능이나 갈고닦은 경륜이 있으
니 '현실의 길'을 택했으면 평생(은 물론 후손들까지) 호의호식하며 살
았을 테지만, 그는 고난의 길만 골라서 걸었다.

그는 한 번도 한눈팔지 않았고, 뒷걸음질치지도 않았으며, 오직 민
족의 자주독립과 동학(과 천도교)의 정신에 헌신했다.

인도에는 "북소리에 맞춰 춤을 출 것이 아니라 북 치는 사람을 찾아
라."라는 속담이 있다. 선생은 일찍이 한자가 지식인의 전유물이던 시
절에 한글신문을 창간하고, 무장 독립운동단체 천도구국단을 조직했
다. 또 기미독립선언서를 비밀리에 인쇄했으며 숨질 때까지 민족대표
33인의 일원이라는 자부심을 지니고 살았다. 이 같은 생애의 큰 줄기
만 봐도 '주연급'인데 웬일인지 그는 잊힌 인물이 되었다.

덧붙이자면, 3·1혁명으로 옥고를 치렀고, 지하신문 『조선독립신문』
을 발행했고, 제2독립선언문을 제작했으나 일경에게 압수당해 제2의
3·1항쟁이 수포로 돌아가자 침식을 잊고, 61세의 나이로 굶어서 세상
을 하직했다.

흔히 '선공후사(先公後私)'는 지도자의 가장 중요한 덕목으로 꼽힌
다. 선생은 모든 것을 민족의 자주독립에 바치고 자신의 몫은 챙기지
않았다. 그래서 후손은 물론, 아무런 사적 유산도 남기지 않았다.

평전을 집필할 때마다 늘 겪은 일이지만, 이번에도 자료(사료)가 부
족해 선생의 생애에 대한 문헌학적 엄밀성이나 복원에 필요한 정밀성

을 찾기가 어려웠다. 그나마 선학 몇 분의 글을 통해 어렵사리 마무리
할 수 있었다.

과분한 추천사를 써 주신 임형진 교수님과 출판 시장이 지극히 어려
운데도 책을 출간해 주신 소동출판사에 심심한 감사의 말씀을 드린다.

김삼웅

보성사 터에 위치한 이종일 선생 동상(국가보훈처공훈전자사료관)

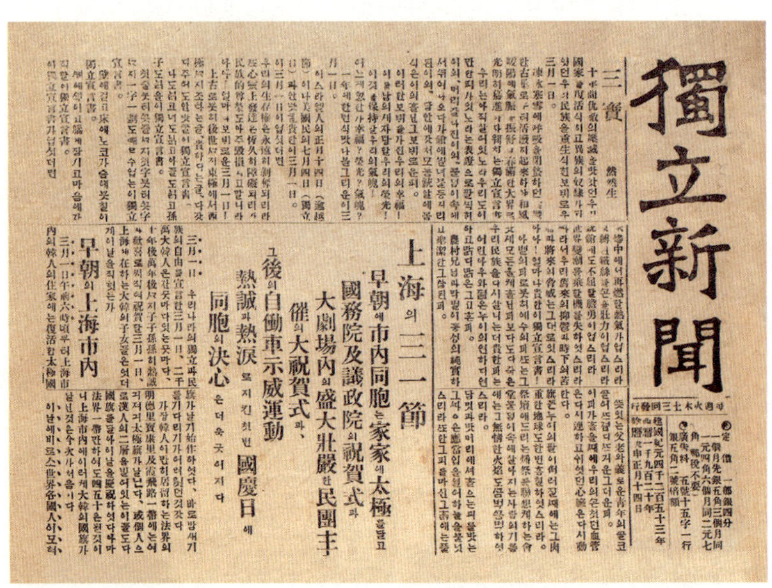

삼일독립선언서가 실린 독립신문 「상하이의 삼일절」, 『독립신문』 제50호(1920. 3. 4.) (국가유산청)

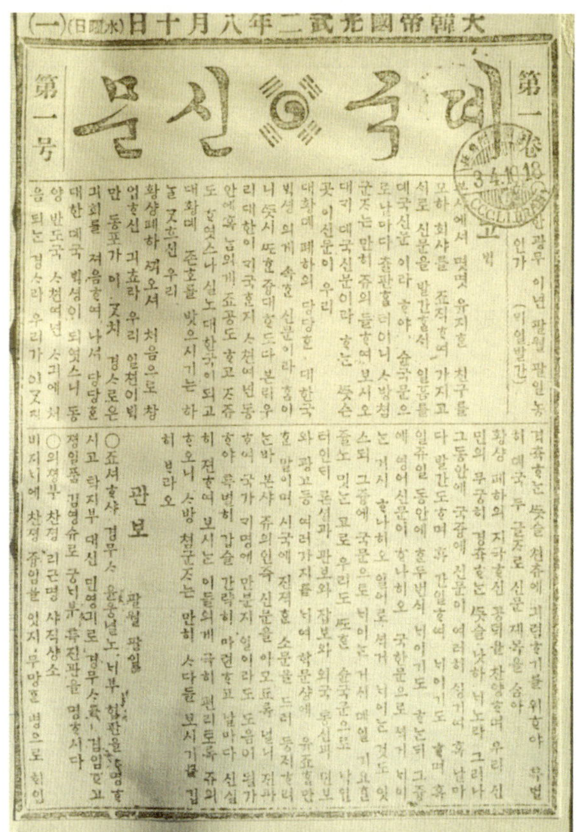

《제국신문》 창간호(한국민족문화대백과사전)

《제국신문》은 1898년 8월 10일 이종일이 창간한 한말의 대표적 민족지다. 한글 전용을 고수해 일반 서민 층과 여성 독자가 많았다. 재정난과 일제의 탄압 속에서도 끈질기게 발행을 이어가다가 1910년 경술국치 직전 안타깝게도 재정난과 압박을 이기지 못하고 폐간되었다. 1면에는 논설, 2면에는 관보대게(官報代揭) 및 잡보, 3면에는 해외통신과 광고, 4면에는 광고 등을 실었으며, 이인직의 신소설 《혈(血)의 누(淚)》 속편 과 이해조의 《고목화(古木花)》등이 연재되기도 했다.

차례

추천사 | 이종일 선생의 평전을 추천하며   004
책머리에   010

1장 잊혀선 안 되는 인물

묵암 이종일을 찾아서   021
충남 태안에서 유학자의 아들로   030

2장 성장기

과거급제, 다산 정약용 실학사상에 심취   035
수신사 박영효의 수행원으로 일본 다녀와   039
실학과 동학사상으로 무장   043

3장 언론 활동

여성과 서민 대상의《제국신문》창간   051
직접 쓴《제국신문》창간사   055
자주독립의 논설 집필   058
여성들에게 인기 높아 3천 부 증간   064

4장 독립협회 시기

최초의 사회 정치단체 '독립협회' 후원   071
여성 해방에 선구적 역할   075
'대한제국민력회'의 조직과 활동   079
독립협회 폐쇄, 비판 사설 작성   084

5장 시련기를 맞아

필화와 구금, 검열의 수난 겪어   091
국치 직전 《제국신문》 폐간   096
학교 설립과 강의, 일진회 경계   101
국치 전야 각종 사회단체 참여   106

6장 나라는 망했으나

천도교 기관지의 책임 맡아   113
동학, 그리고 손 교주와의 도타운 인연   118
천도교, 종교단체여서 해체 면해   122
일제의 '작위' 거절   126
손병희의 신뢰로 구성된 비밀 조직   130

7장 민족운동의 묘판

민족문화수호운동본부 결성   137
무장투쟁을 위한 천도구국단 조직   142

8장 민족사의 거화(巨火) 3·1혁명

국제 정세의 변동을 주시하며 거사 준비   149
독립운동 기금 모으기   154
장총 10여 정과 실탄 200발 준비   157
이종일이 쓰려던 독립선언서, 최남선에게   161
독립선언서 인쇄 중에 등장한 악질 형사   165

9장 총독부 법정에 서다

민족사의 대전환, 3 · 1혁명　　　　　　　　173
경무 총감부 거쳐 서대문 감옥에 수감　　179
경찰 신문조서　　　　　　　　　　　　183

10장 옥고, 그리고 새로운 항쟁

3년 형 선고, 서대문형무소에 수감　　　　195
3년여 만에 출옥, 감옥 안팎이 다르지 않아　201
투옥 대비《조선독립신문》발행 준비　　　205

11장 최후의 저항과 순국

제2의 독립선언 준비 중 적발당해　　　　213
여성 해방의 선구자, 가정보다 국가와 민족　220
향년 68세, 셋집에서 굶어 죽다　　　　　225

잊혀선 안 되는 인물

묵암 이종일 선생(묵암이종일선생기념사업회)

—

묵암 이종일을 찾아서

나는 오래전부터 인물사에 관심을 쏟으면서 중국 후한 시대 유소(劉邵)의 《인물지(人物志)》에 주목했다. 이 책은 본격적인 인물 연구의 고전에 속한다.

> 사람의 일부만 알려고 한다면 아침나절이면 충분하다. 그러나 그의 많은 연보를 상세히 탐구하자면 사흘은 지나야 충분하다고 할 수 있다. 그렇다면 왜 사흘이 지나야 충분할까? '나라의 동량'은 세 가지 자질을 겸하고 있기에 사흘을 논의하지 않으면 그에 대해 다 알 수가 없다. 하루는 도와 덕을 논의하고, 또 하루는 법제를 논의하고, 마지막 하루는 책략과 술책을 논의한다. 그런 다음에야 그의 장점을 다 파악할 수 있어서 그를 의심 없이 천거할 수 있다.[1]

  1장 잊혀선 안 되는 인물

유소는 《인물지》 제1장 '밖으로 드러난 아홉 가지 징험'에서 다음과 같이 제시한다.

> 곧으나 온유하지 못하면 나무토막처럼 고집스러워지고, 굳세지만 이치에 밝지 못하면 난폭해지며, 견고하나 깊이 살피지 못하면 어리석어지고, 기운이 강해도 밝지 않으면 영악해지며, 성격은 화창해도 평정을 유지하지 못하면 들뜨게 된다.[2]

굴곡이 심했던 우리 근현대사에는 바른길에 나섰다가 가뭇없이 사라진 인물이 적지 않다. 그들은 굽이마다 신념과 대의를 지키고자 희생을 감수했던 분들이다. 시대 조류에 편승했으면 호의호식했을 텐데, 양심에 따라 정의를 좇아 행동하다가 죽임당하거나 감옥, 유배, 테러, 아사의 길을 걸었다. 이들 중에는 후대에 이르러 다시 조명되거나 '부활'하는 경우도 있지만, 대부분은 묻히거나 잊힌다. "역사는 기억과 망각의 투쟁이다(호모 메모리스)."라는 말이 있으나, 기억되기보다는 잊히기 일쑤다.

이제 우리가 기억하고 결코 망각해서는 안 될 한 분을 소환하려 한다. 경세(警世)의 지도자 이종일이다.

충남 태안 출생

문과 급제

박영효 수신사의 사절단으로 방일

《독립신문》 논설 집필

대한제국민력회(大韓帝國民力會) 회장

독립협회 참가

중추원 의관

《제국신문》 창간, 사장

흥화학교 설립

보성학교 교장

신민회 참가

《만세보》 창간 참여

대한자강회 참여

《황성신문》 논설위원

보광학교 교장

대한협회 조직

천도교회월보 과장

보성사 사장

민족문화수호운동본부 결성 및 회장

천도구국단 단장

1장 잊혀선 안 되는 인물

〈3·1독립선언서〉 인쇄

민족대표 33인

천도교지하신문《조선독립신문》 발행

일제에 체포되어 징역 3년을 선고받음.

제2 독립선언문 집필

인쇄 중 일경에게 압수당함.

1925년 굶어 죽음(향년 67세)

구한말 유생의 대다수가 진부한 전통의 틀에 갇혀 옛것만 붙들고 씨름할 때 그는 깨어 있는 실천자로 나섰다. 독립협회와 신민회의 핵심 회원이었고, 순한글 일간신문《제국신문》을 창간해 국민 계몽과 한글 보급에 앞장섰다. 각급 학교를 설립했으며, 천도교에 귀의해《천도교회월보》를 발행하면서 비밀조직 천도구국단을 결성해 대일 무장투쟁을 준비했다. 민족대표 33인의 서명자였으며, 비밀리에 〈3·1독립선언서〉를 인쇄했다.

기미년 3·1혁명● 시기 지하신문《조선독립신문》을 발행했고, 제2

● 3·1운동은 우리 민족이 자력으로 반일독립과 봉건주의 타파를 통한 군주제 폐지, 공화정 수립을 위해 들고 일어난 혁명으로, 지금의 대한민국 수립의 기틀을 마련한 출발점이라고 할 수 있다. 저자는 '민주혁명'의 성격에 맞게 용어가 재정립되어야 한다는 뜻으로 '3·1혁명'이란 용어를 사용했다.

독립선언을 실행하기 위해 〈자주독립선언문〉의 초안을 잡아 인쇄하다가 일경에 압수당했다. 〈자주독립선언문〉은 〈3·1독립선언문〉보다 훨씬 강도 높게 쓴 선언문이었다.

개화운동으로 시작해 언론을 통한 국권회복운동, 민중계몽운동, 한글운동, 천도교 비밀단체 천도구국단 조직 등 조국해방운동에 이르는 67년의 험난했던 생애는 우리 겨레의 시련과도 궤를 같이한다. 그는 평생을 무거운 시대적 소명을 짊어지고 고빗길을 촌보의 양보도 없이 걸었다. 그 길은 온통 가시밭길이었다.

그가 살아온 67년 중 42년은 19세기에, 25년은 20세기에 걸쳐 있는데, 이 시기는 조선과 대한제국, 일제 강점기로 이어지는 난세이자 암흑기였다. 그때마다 고루한 위정자와 광폭한 지배 세력에 맞서 계몽적 담론을 세우고 사회개혁, 자주독립의 길로 나아가기란 쉽지 않았다. 망령된 말들과 야만이 설쳤다.

그런 때에 그는 최초의 한글 일간신문의 발행인이었고 천도구국단을 조직했으며, 민족대표 33인이 되어 독립선언서를 비밀리에 인쇄하는 등 굵직한 업적만으로도 독립운동사는 물론이고 근현대사에서도 윗줄에 올라야 할 분이다. 그런 분이 허무하게도 1925년 8월 31일 아무도 돌보는 이 없는 초가의 거적 위에서 67년의 삶을 접었다. 게다가 웬일인지 잊히고 말았다. 안타까운 일이다.

그는 1912년부터 보성사 비밀창고에 일본제 장총 10여 정과 실탄

    1장 잊혀선 안 되는 인물

2백 발을 은닉하고 무장 항일전을 준비했고, 1919년 3·1혁명을 앞두고 천도교 보성사 대표로 있으면서 〈독립선언서〉의 인쇄를 책임졌다. 인쇄 도중 총독부 조선인 악질 형사 신승희가 나타나 하마터면 모든 일이 헛수고로 돌아갈 뻔한 위급한 순간에는 "당신도 조선 사람이 아니냐, 하루만 기다려 달라." 하고 달래며 손병희에게 안내하여 해결하는 등 선생의 존재는 3·1혁명에 결정적인 역할을 했다.

이후 일제의 혹독한 고문으로 만신창이가 되어 풀려 난 뒤에도 항일의 불꽃은 꺼지지 않았다. 그는 〈자주독립선언문〉에 이렇게 썼다.

> "우리는 마침내 다시 풀려나 자유의 몸이 되었으나 반도 삼천리가 모두 감옥이나 다를 바가 없습니다. 우리의 독립을 위한 투쟁은 이제부터가 더욱 의미가 있고 중요합니다. 뜻 맞는 동지끼리 다시 모여 기미년의 감격을 재현하기 위해 우리 천도교의 보성사 사원 일동은 재차 봉기하여 끝까지 조국의 독립을 위해 신명을 바칠 것을 결의하고 선언하는 바입니다."

개화사상가, 투철한 언론인, 민족종교인, 한글학자, 여성 개화 지도자, 독립지사, 시대를 내다보고 대책을 마련한 경륜가……. 그는 그 시기에 대단히 복합적이고 다층적인 지식을 갖춘 인물로서 역사의 전면에서 활동하고 투쟁했다. 변신하거나 중간에 그만둔 인물이 적지 않

화강석과 청동으로 만들어진 3인의 군상. 기미 독립선언서를
하늘 높이 들고 있는 인물들의 모습을 새긴 기념물(소동)

보성사 터 3인의 군상 하단에
새겨진 3·1혁명 장면(소동)

보성사 터 3인의 군상 하단에
새겨진 보성사, 보성학교 모습
(소동)

1장 잊혀선 안 되는 인물

은 시대였다.

그의 삶과 죽음을 살펴보면 비록 영웅적 인물은 아니었으나 국난에 처했던 시기, 지식인의 책무와 역할에 충실했던 대단히 맑고 바른 경세(警世)의 지도자였다. 남아 있는 기록과 자료가 충분치 않지만, 더 이상 망각의 터널에 덮어둘 수 없어 이제라도 탐사에 나서기로 했다.

3·1운동기념탑(국가보훈부공훈전자사료관)

충남 태안에서 유학자의 아들로

이종일은 1858년 11월 6일 아버지 이교환(李敎煥)과 어머니 청풍김씨 사이에서 장남으로 태어났다. 출생지는 충남 태안군 원북면 반계리다. 본관은 성주이고, 시조는 고려 후기의 문신으로 정당문학(政堂文學)과 예문관 대제학을 지낸 문열공(文烈公) 이조년(李兆年)의 20세손 이순유(李純由)다.

아버지 이교환은 향리의 유학자로서 지방에서 고사(高士)로 칭송되었다고 한다.

이종일의 호는 옥파(沃坡)이고, 도호(道號)*는 묵암(菴)이며, 또 다

* 도호(道號): 천도교에 입교하면 경전 공부와 독실한 수련, 오관(五款)의 의무를 성실히 실행하고, 한울님을 모시고 있다는 것을 체험하는 일과 교리와 교사를 이해하며, 기본적으로 교단에서 정해 놓은 모든 규범을 준수해야 한다. 5년간 이 같은 신앙 생활을 지속한 교인에게 교회에서 포상(褒賞)으로 수여하는 이름이 바로 도호(道號)다. 남성에게는 암호(菴號), 여성에게는 당호(堂號)를 내린다.

른 도호로 천연자(天然子)를 쓰기도 했다. 필명으로는 중고산인(中皐散人), 중헌(中軒) 등이 있다.

그의 가계는 고려 말의 권문세족으로, 조선 전기까지는 누대에 걸쳐 관직을 역임했으나 조선 후기 제6대 육진(陸津, 1680년~?)부터는 관직을 지낸 사람이 없어 한미한 가문으로 쇠락한 것으로 보인다. 이 같은 사실과 이종일의 선대가 태안에 정착한 것으로 보아 당쟁(黨爭)과 어떠한 연관이 있을 것으로 추측되지만 정확한 사실은 알 수 없다. 한편, 그의 5대조인 석주(碩周)와 7대조인 시상(始祥)은 양자로서 대를 이었으며, 이종일의 아들로 입적된 학순(學淳)도 생부(生父)는 이종일의 동생 종칠(鍾七)이다.[3]

그는 참으로 불운한 시대에 태어났다. 격동기이자 난세였다.

1862년 진주민란을 시작으로 각지에서 민란이 일어났으며, 고종이 즉위했다. 동학 교조 최제우가 대구에서 사형되었으며, 경기·충청·황해에서는 화적이 날뛰었다(1864년). 미국 상선 제너럴셔먼호 사건과 병인양요가 일어났고(1866년), 전국에 유행병이 창궐했으며(1867년), 정덕기가 『정감론』을 이용하여 난을 일으켰고(1868년), 전라도 광양현과 경상도 고성현에서는 민란(1809년)이 일어났고, 평안도 벽동에서는 청나라의 도적 무리가 와서 약탈했다(1870년), 대원군은 사액서원 47처만 남기고 전국의 서원을 철폐했으며, 1871년에는 신미양요

1장 잊혀선 안 되는 인물

가 일어났다.

고종이 친정을 선포하면서 민씨 일파의 세도정치가 시작되었고(1873년), 운요호 사건과 울산민란이 일어났으며, 조일수호조규(병자수호조약)가 체결되었다(1876년). 이것이 이종일의 유년 시절 조선에서 벌어졌던 큰 사태와 사건들이다.

그의 어린 시절에 대한 기록은 현재 전혀 남아 있지 않다. 당연히 격변기 시골에서 자란 무명의 소년에 대한 기록이 있었을 리 없다. 직접 쓴 《묵암 비망록》도 선생이 40세였던 1898년부터 기록된 것이다. 성년 이후의 기록으로 가늠해 본다면, 그는 어려서부터 무척 총명했고 글을 좋아했으며, 아버지의 가르침과 향리의 서당에서 한학을 중심으로 글공부를 배웠을 것이다.

그는 언론을 비롯해 오랫동안 사회 활동을 하면서 수백 편의 글을 남겼지만 정작 자신의 일상과 가족, 주변에 대한 기록은 찾기 어렵다. 전통 사회의 선비들이 자신과 가족사에 관한 기록을 남기지 않는 것을 미덕으로 여겼던 탓일 것이다.

그의 성장기와 초임 관료 시기에는 외침과 민란이 거듭되었고, 대원군이 통상수교 거부 정책을 고수했는데도 반강제적인 문호 개방이 이루어지면서 민심이 크게 요동쳤다. 사회 주도층에서는 여전히 위정척사론을 내세웠지만 미미하게나마 근대적 개화주의자들도 등장했다. 일종의 이념적, 사상적 과도기였다.

2장
성장기

묵암 이종일 선생 생가(문화재청)

과거급제, 다산 정약용의 실학사상에 심취

이종일은 15세이던 1872년, 서울로 올라왔다. 총명한 아들의 출세를 위해 부모가 상경시켰을 것이다. 국정이 문란한 시대였으나 정치적 배경이 없는 청년들이 그나마 출세할 수 있는 길은 과거 급제뿐이었다.

그는 한 해 동안 서울에서 과거 공부에 매달려 이듬해(고종 10년) 문과에 거뜬히 급제했다. 김구와 이승만도 과거시험에 낙방했었다는데, 단번에 급제한 것을 보면 두뇌가 대단히 우수했던 것 같다. 서울 생활은 그의 신상에 많은 변화를 일으켰다. 어떤 인연이었는지, 그는 당대의 세도가 운양(雲養) 김윤식(金允植, 1835~1922년)과도 만났다.

김윤식은 정부의 개항 정책에 따라 영선사로서 중국으로 건너가 북양대신 이홍장(李鴻章)과 회담했고, 조미수호통상조약 체결에 중요한 역할을 했던 인물이다. 임오군란이 일어났을 때는 청나라에 파병을 요청하는 동시에 흥선대원군을 제거하는 방략 등을 제의해 청나라의 개입을 이끌었다. 갑신정변 때는 김홍집 등과 청나라 위안스카이에게 구원을 요청해 청군의 정변 진압을 도왔고, 이후 병조판서에 이어 독판교섭통상사가 되어 대외 정책을 주도했다. 그러다가 1887년 5월 부산 첨사 김완수 사건으로 5년 6개월간 충남 면천으로 유배되었다가 귀양에서 풀려나 김홍집 내각의 군국기무처 의원에 이어 외무아문대신(外務衙門大臣)에 임명되었다. 아관파천 사건으로 면직된 후에는 명성황후시해사건*에 얽혀 제주도로 보내진 후 감시를 받으며 생활했다. 그는 젊은 시절 애국계몽운동에 앞장섰고 기호학회 회장, 흥사단 단장, 교육구락부 부장, 대동교총회 총장 등으로 활동했다.

이종일이 김윤식을 만나 개화사상의 영향을 받았던 것은 그가 애국계몽운동을 하던 시기였던 것 같다. 《묵암 비망록》에 이런 내용이 있다.

김윤식 스승께서 종신형으로 제주에 유배되었다는 소식이 들려왔다. 스승은 자(字)가 순경(洵卿), 호(號)는 운양(雲養)이시며, 대

---

* 명성황후시해사건: 이전에는 '을미사변'으로 불렀으나 매국노 이완용이 '을사늑약'을 '을사조약'으로 불렀던 것과 마찬가지로 일제의 만행을 정당화하는 일제의 관점으로 만들어진 용어이므로 '명성황후시해사건'으로 고쳐 부르기로 했다. 그러나 '시해'는 부하가 군주를 죽였을 때 쓰는 용어이므로 저자는 일본인이 조선의 황후를 죽인 사건에 '시해'라는 용어를 쓰는 것은 옳지 않다고 주장한다.

한문학자로서 내가 전에 계동(桂洞) 자택에 나아가 개화사상을 배우고 사제의 기연(機緣)을 맺어 왔으니 그러므로 나의 개화사상은 전적으로 운양 스승에게서 유래한 것이다.[1]

김윤식은 한때 개화의 역군이었지만 친청파였다가 친일파로 변신한 인물이었다. 일제 강점기에는 중추원 부의장이 되었고, 일제가 주는 작위를 받았다. 그가 사망한 후 사회장이 거론되자 비록 식민지 상황이었지만 그의 이 같은 생애를 들추어 반대하는 여론이 비등해졌을 만큼 그의 처신은 올곧지 못했다.

이종일은 젊은 시절 자신이 그의 집을 왕래하며 개화사상을 배우고 사제의 인연을 맺었던 김윤식이 변신을 거듭하며 권세를 좇는 행태를 지켜보고는 더는 그를 추종하지 않고 묵묵히 자신의 길을 걸었다.

이종일은 이도재(李道宰, 1848~1909년)에게서도 개화사상을 배웠다. 이도재는 대한제국 때 내무대신, 외부대신, 학부대신 등을 역임했던 인물이다. 일제의 강압적인 대한제국 병탄에 반대했고, 고종의 폐위를 압박했던 대신들을 암살하려는 계획을 세웠으나 발각되는 바람에 실패했다. 이처럼 끝까지 친일파로 전향하지 않고 애국의 길을 걸었던 그는 1909년 이완용의 모함으로 61세의 나이로 사망했다.

젊은 시절의 이종일은 성호 이익의 실학 저술과 다산 정약용의 각종 저서를 읽으며 실학에도 관심을 쏟았다. 또한《목민심서》,《경세유

표》, 《아언각비》, 《흠흠신서》, 《마과회통》, 《맹자요의》, 《아방강역고》 등을 읽었다. 그는 각종 저술을 통해 학문의 지평을 크게 넓힐 수 있었다. 다산의 글에서 개혁 사상을 터득했고, 조선어 연구를 향한 열정을 배웠다. 이것이 훗날 그가 한글신문을 창간하게 된 배경이다.

이종일이 읽은 많은 실학 관계 서적 중 그에게 큰 감화를 주었던 것은 성호 이익과 다산 정약용의 저서였던 것으로 보인다. 그는 『목민심서』를 읽고 과연 '노저(勞著)'라 평가하며, 정약용의 애국애족 이념과 사상, 선진적이고 진취적인 개혁 사상에 감탄해서 '다산학(茶山學)'을 추존(追尊)하기로 했고, 실학사상에 더욱 깊이 빠졌다.

특히 『목민심서』에서 수령(守令)의 부정 부패상을 규탄하고 조정의 기강을 바로잡을 것을 주장하는 대목에 감동해 그것을 그 당시에 재현한다면 우리나라도 복락을 누릴 수 있을 것으로 확신했다. 다산에게 감화된 그는 직접 양주에 있는 다산의 집을 방문해 몇 권의 실학 관계 서적을 빌려보는 열성까지 보였다고 한다.[2]

—

수신사 박영효의 수행원으로 일본 다녀와

이종일이 젊은 시절 수신사 박영효(朴泳孝, 1861~1939년)를 수행해 일본을 다녀온 일은 그의 세계관을 크게 넓힐 수 있었던 일대 사건이었다. 1882년 9월 12일, 25세였던 그는 서울에서 출발해 3개월 동안 체류하면서 메이지유신 이후 변화된 일본을 두루 살펴보았다.

수신사의 특명전권대사는 박영효였고, 종사관은 서광범, 그리고 명성황후의 측근인 민영익과 개화파인 김옥균을 비롯한 다수의 개화당 인사들이 수신사로 참여했으며, 젊은 학생 10여 명도 함께했다. 그가 수신사 일행에 함께하게 된 과정에 관한 자세한 기록은 찾기 어렵다.

조선 정부는 강화도조약 이후 이전에 통신사로 부르던 것을 수신사로 개칭하고, 일본의 요청으로 1876년 김기수를 대표로 한 수신사를 파견한 데 이어 1880년에는 김홍집을 대표로 하는 두 번째 수신사를,

이때가 세 번째 수신사 파견이었다. 1차에는 76명, 2차에는 58명, 3차에는 14명이었다.

사절단은 서양 외교사절들을 비롯해 일본 주재 각국 사절들과 접촉했고, 일본 정부 관리는 물론이고 민간 지도자들과도 폭넓게 만났으며, 일본의 신식 문물도 시찰했다. 신호(神戸)에 상륙해서는 그곳 병고현령(兵庫顯令)의 초대를 받았고, 대판에서는 포병 공창과 조폐국을 살펴보았다. 일본 동경에서는 외무성을 방문했고, 나가노현 고모로시(赤板離宮)에 가서는 일왕을 만나 국서를 전달했으며 여러 관계자와 대신들을 예방했다.[3]

이종일에게는 이때의 방일 경험이 일본의 발전상을 시찰하는 계기이자 '민족적 자아'를 더욱 굳히게 된 일이었다. 일본으로 가는 배 위에서 박영효가 태극사괘(太極四卦)를 바탕으로 한 태극기를 제정해 일본에 상륙한 직후부터 이를 사용한 일 덕분이었다.

당시 사절단장 박영효는 철종의 딸 영혜 옹주와 결혼해서 부마가 되었다가 3개월 만에 사별했으나 금릉위 정1품의 직위에 있었다. 23세의 이종일은 16세의 나이로 문과에 급제해 다산 등 실학파의 저서로 무장한 신진기예의 관료 신분이었지만 사절단에 뽑힐 만큼 관료 사회에서는 이미 명성이 나 있었다. 그리고 개화파 청년 지도자였던 김옥균까지 함께했다. 비록 증빙 자료는 없으나 태극사괘에서 태극기를 고안해 낸 것을 박영효와 이들의 합작품으로 추측해 볼 수도 있지 않을까. 이후 이종일의 행적에서 독립협회 설립을 주도하는 등 민족주의 성향이 더욱 짙게 나타났기 때문이다.

그러나 안타깝게도 박영효는 이후 이런저런 곡절 끝에 친일파로 변신해 일제가 주는 후작의 작위를 받고 중추원 부의장까지 지냈다. 개화기에 누구 못지않은 개화파였던 박영효가 이러한 변절 행각을 벌였는데도 이종일은 끝까지 정도를 걸었다.

서세동점과 강제 개항에 내몰린 조선 정계는 요동쳤다.

임오군란(1882년 6월), 제물포조약(1882년 7월)

갑신정변(1884년 10월), 한성조약(1884년 11월)

거문도사건(1885년 3월)

전국 각지의 민란(1880~1892년)

동학교도 삼례집회(1892년 11월)

동학교도 보은집회(1893년 3월)

갑오 동학혁명(1894년 1월)

김옥균 암살(1894년 2월), 갑오개혁(1894년 6월), 동학농민군 2차 봉기(1894년 9월)

명성황후시해사건(1895년 8월), 단발령(1895년 11월)

아관파천(1896년 2월), 독립신문 창간(1896년 7월), 독립협회 설
립(1896년 4월)

계동에서 지내던 시기에 이종일은 내부(內部) 주사(主事)를 거쳐
1898년 정삼품의 중추원 의관(議官)에 임명되었다. 그러나 세도정치
가 극심했던 시절, 혈맥이 없는 처지였던 그는 뛰어난 능력에 비해 힘
있는 요직에는 오르지 못했다. 내각의 자문기관인 중추원은 본래의
성립 취지에는 걸맞지 않은 실권이 없는 한직이었고, 재임 기간도 10
개월에 불과했다. 그 때문에 훗날 그가 언론 활동을 하게 되었을 때
중추원이 그 기능과 역할을 다하지 못하고 있음을 신랄하게 비판한
것이었다.

> 중추원 의관 50명을 책정한 것은 외국의 예를 좇아 구습을 버리고
> 폐단을 바로잡아 나라를 보전하고 백성을 태평하게 하라는 것이었
> 는데, 정작 의관들은 자기 직책이 무엇인지는 생각지 않고 단지 벼
> 슬자리로만 여겨 제 소임을 전폐한 채 더 좋은 벼슬자리를 얻으려
> 고 정부가 하라는 대로 그때그때 세월만 보내고 있다. 그들은 정부
> 가 죽으라면 죽고 살라면 사는 식으로 끌려가고 있으니 이처럼 무
> 식한 의관들이 어디 또 있겠는가.[4]

실학과 동학사상으로 무장

개신유학(改新儒學)에서 발원하는 실학사상이 전개된 조선 후기에는 성호 이익의 중농학파에서 연암 박지원의 이용후생학파를 거쳐 다산 정약용의 경세치용학파로 이어졌다. 그러나 이 같은 실학사상의 도도한 맥락은 수구파의 위정척사 세력에 의해 번번이 토멸되면서 개화·개벽의 기회를 잃고 나라는 점차 나락으로 치달았다.

이종일은 박은식, 정교, 이동녕, 남궁억, 양한묵 등 개혁파 지식인들과 실학을 공부하고 개화사상으로 무장했으며, 동학에도 남다른 관심을 보였다. 1860년 동학을 창도한 수운 최제우는 1864년 혹세무민의 죄목으로 대구 감영에서 처형되었다. 이종일이 6세 때의 일이었다. 1871년 이필제가 이끄는 동학교도들이 경상도 영해를 습격했고, 1881년 2대 교조 해월 최시형이 동학의 교본인 《용담유사》를 간행했다. 그는 교조의 신원과 포교의 자유를 위해 일어난 삼례집회와 복합 상소, 그리고 1894년 동학혁명의 발발을 지켜보았다.

일찍부터 실학사상을 배웠고, 감수성이 예민했던 소년기와 청년기에 동학의 포교와 교조가 처형된 것에 이어 교조신원운동, 그리고 마침내 봉기한 동학혁명을 보면서 이종일은 동학 정신을 조선 사회 개혁의 동력으로 삼으려 했다. 그에게 동학 정신은 곧 '보국안민'이었다.

그는 또한 다산의 이념과 수운의 동학 이념의 접맥을 시도했다. 이것은 그의 개화사상과 동학사상이 실학 정신에서 출발했음을 보여 주는 단적인 예라 할 수 있다. 그는 실학의 이용후생 정신을 개화사상의 근거로 삼을 것을 거듭 역설했다. 당시 사회에 실학의 이용후생 정신을 재현 창달하는 것이 곧 개화사상이라고 믿었기 때문이다.[5]

이즈음 동학에 대한 그의 인식은 아래와 같았다.

> 동학사상은 우리나라 민중의 나아갈 길을 인도하는 것으로 수운 선생의 이념은 널리 민중을 구하고 또 나라를 돕고 백성을 편안하게 하려는 것이므로 나 또한 호감을 느낀다. 그러나 정부 당국자가 이해하지 못하니 애석하다.[6]

이 같은 신념을 갖게 된 그에게 관료 생활은 버거웠다. 깨어 있는 청년에게 낡은 제도와 고루한 관행은 경멸과 손가락질의 대상이었다.

독립협회의 모임 장소로 이용되던 독립관(서울연구원)

더욱이 국내외 정세는 갈수록 첩첩하고 암울했다. 외세는 조선을 먹 잇감으로 여기고 야금야금 몰려왔고, 명성황후가 일본 미우라 고로 공사가 주도한 폭도들에게 살해되었다. 이를 계기로 을미의병이 봉기 했으며, 굴지의 금광 개발권, 경인철도 부설권 등이 차례로 외국에 넘 어갔다. 국난의 초입이었다.

갑신정변에 가담했다가 실패한 후 미국으로 망명했던 서재필이 1895년 12월 귀국해서 1896년 4월 『독립신문』을 발행했고, 같은 해 7 월 우리나라 최초의 시민단체라 할 수 있는 독립협회를 조직했다.

이종일은 국난을 막기 위한 여러 가지 방략을 찾았고, 그중 하나가 근대적 신문의 발간이라고 보았다. 일본 시찰을 갔을 때도 이 점에 특별한 관심을 두고 탐색했던 그는 관직에서 물러난 후 본격적으로 신문 발간을 준비했다.

개화인 유영석이 찾아왔을 때 서재로 맞아들여 신문 발행에 대해 환담했다. 유 씨가 말하기를 "신문사업은 구미 각국에서는 벌써부터 크게 유행하고 있으나 우리나라에서는 한미한 형편이므로 옥파께서 정부에 주장해서 발행 허가를 얻으면 어떻겠는가?" 내가 대답하기를, "생각해 보면 나라의 개명과 개화에는 신문이 제일이요. 국가의 주인으로는 민중이 제일이니 여기에서 우리들의 사명은 더욱 중차대한 것이다."라 하고 밤새도록 술을 마시며 시국에 대해 담론했다.

독립신문은 민중을 선도하는 것이 근본이나 아직도 부녀자층을 개명시키는 데는 이르지 못하고 있으므로 내 생각에는 만일에 신문을 발행하게 된다면 반드시 창간부터 부녀자의 계몽지로서 출발해야겠다고 결심했다.[7]

서재필이 창간했던 《독립신문》은 3년 8개월 동안 국민의 계몽과 자주민권에 크게 이바지했으나 수구파에 밀려 서재필이 도미하게 되면서 결국 폐간되었다.

號八十九百一第　（一）　　文新立獨　　大韓民國八年十一月三十日

旬刊

독립

半萬年歷史의 權威
三千萬同胞의 誠忠

（第一百九十八號）

發行所　獨立新聞社
印刷所　南京○○社
通信處　上海郵務信箱一五五號　韓獨新
定價　每部一角　每月二角　半年一元
廣告料　一行三角　多行另議

統一機運이 圓熟된때에

古懷

《독립신문(獨立新聞)》 상해판(대한민국역사박물관)

3장

언론 활동

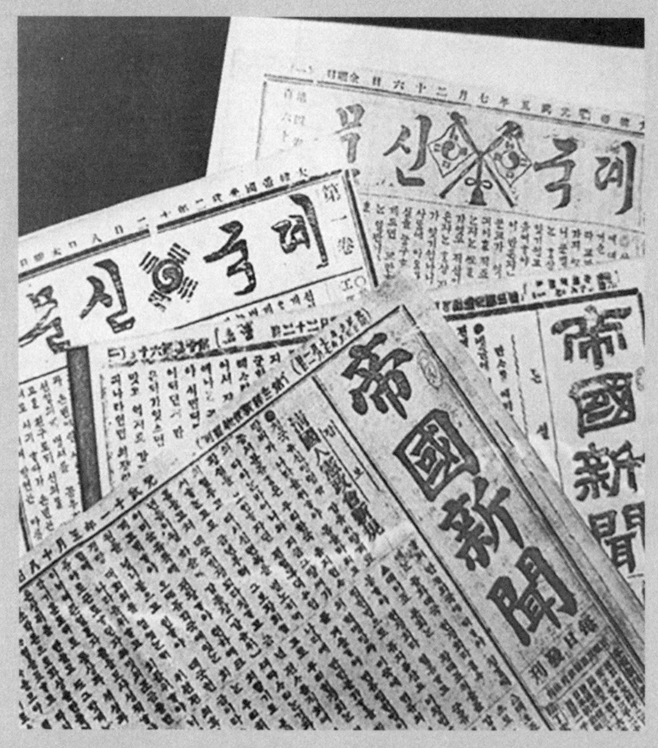

이종일 선생이 창간한 《제국신문》(묵암이종일선생기념사업회)

여성과 서민 대상의 《제국신문》 창간

이종일은 중추원 의관 자리를 흔쾌히 내던지고 야인의 길에 나섰다. 예나 지금이나 재야는 춥고 배고픈 지대다. 권력의 박해가 따르고 주민(시민)들의 몰이해도 따갑다.

그는 당시만 해도 생소하고 낯설었던 언론인의 길을 택했다. 언론(신문)에 대한 그의 열정은 뜨거웠다. 근대적 신문을 통해 실학사상과 동학의 근본정신인 '보국안민'을 이루고자 한 것이다. 그는 신문 발간을 위해 여러 사람과 의논했으며, 당시 태동한 만민공동회에도 적극 참여하면서 신문 창간을 서둘렀다.

동지 이동녕이 찾아왔다. 이 동지는 30여 세의 청년 지사로서 그는 말하기를 "옥파 선생은 국운이 어느 곳에 달려 있다 하겠는가. 기울어져 가는 나라의 형세를 어떤 방도로 지킬 것인가." 하기에 나는 말하기를 "먼저 신문을 발간하고 뒤에 학교를 세워서 민중을 계몽하고 인재를 양성할 것이다."라고 했더니 그도 말하기를 그 말인즉 합당한 고견이라 하고 웃으며 이야기하다가 돌아갔다.[1]

그가 신문 창간을 준비할 때 그의 주위에는 이종면, 이종문, 장효근, 염중모, 심상익, 김익승 등 이문사(以文社) 중심의 개신유학자(改新儒學者)와 개명 관리, 그리고 신흥 상공업자와 유영석, 이승만과 같은 배재학당 출신들이 있었다.[2]

신문 발간 작업이 진척되면서 제호를 정하는 데 측근 동료들의 의견을 들었고,《제국신문》이란 제호는 그가 직접 지었다.

유영석과 이종면과 장효근이 찾아와서 신문 발간에 관해 숙의했는데 내가 말하기를 신문의 제호는 무엇이 좋겠는가. 유가 말하기를 매일신문이 좋겠다. 이가 말하기를 대한신문이 좋다. 장이 말하기를 광무신문(光武新聞)이 좋다.

그러나 나는 말하기를 사실 현세를 따지고 보면 대한제국의 시대인 까닭에 나의 의견으론 제호를 제국신문이라고 붙이면 어떨까 생각한다. 듣는 사람들이 숙의한 끝에 모두 좋은 명칭이라 말하여 이에 제국신문으로 결정하고 제호를 한글로 하면 어떻겠는가 했더

니 역시 모두 좋다고 했다. 그래서 한글 전용의 신문을 발간할 것을
결정지었다.[3]

이 시기 이종일은 《경성신문》에 논설을 집필하고 있었다. 이 신문은
1898년 1월 배재학당 학생회인 협성회가 《협성회회보》를 주간으로
발행하다가 4월부터는 일간으로 발행하기 시작했다. 같은 해 3월 주
간 《경성신문》도 창간되었다. 이종일은 독자적으로 《제국신문》을 준
비하면서 논설 집필을 중단했다.
신문 창간은 쉽지 않았다.

> "제국신문의 창간 작업이 끝났는데 직원은 나까지 포함해서 10여
> 명이다. 그러나 나의 주된 임무는 바로 경영자이자 사원이며 기자
> 를 겸했다. 그렇기에 논설을 내가 집필할 예정이며 서울 시내의 대
> 중이 크게 관심 두는 일을 주의해서 살펴야 하니 나의 심중은 마치
> 출정하는 장군의 그것과도 같은 것이다."[4]

1898년 8월 8일 마침내 여성과 서민 대중을 위한 순한글 일간신문
이 창간되었다. 당시의 제호는 《뎨국신문》이라 했다가 곧 《제국신문》
으로 바꾸었다. 1897년 10월 고종은 국호를 '조선'에서 '대한제국'으
로 개명했다. 그에 따라 대한제국 시대의 신문이란 의미로 《제국신

문》이라 이름한 것이었다.

심상익이 인쇄 시설을 제공했고, 운영은 이문사(以文社)와 공동으로 맡았으며, 회사 형태는 주식회사가 아닌 합자회사였다. 같은 해 9월에 창간된 《황성신문》은 국한문을 혼용했다. 그 때문에 세간에는 《제국신문》을 '암신문'으로, 국한문 혼용의 《황성신문》을 '수신문'으로 부르기도 했다.

《제국신문》은 일제에 의한 강제 병탄 직전인 1910년 8월 2일 스스로 문을 닫을 때까지 11년 동안 약 3,240호를 발간했다. 이종일은 신문사를 운영하는 기간 동안 많은 논설을 집필했다.

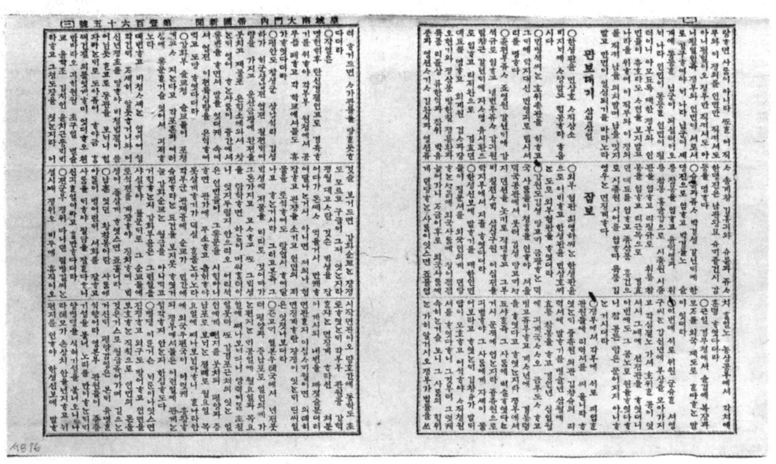

《제국신문》(서울역사박물관)

—

직접 쓴 《제국신문》 창간사

이종일이 직접 쓴 창간사의 주요 내용이다.

대한제국 광무(光武) 이년 서력 일천팔백구십팔 년 팔월 십일은 곧 본사 신문이 처음으로 발간한 날이라 이날은 본사에서 특별히 경축하는 날이다. 그러므로 몇 해를 두고도 특별히 기념해야 할 날인데 다만 본사의 목적은 아무쪼록 흥왕하여 나라 안에 유익한 사업을 일으키려 하는 것이니 이 신문이 흥왕하고 나라가 개명되어 한 가지 사업을 이룬 후엔 오늘 낸 여러 가지 기사의 글 조각들을 모아 두었다가 몇 해 후에 꺼내 놓고 보면 국민의 자세한 역사가 어언간 몇 권 될 것이다.

그때 상고해 보면 그동안 변혁된 일도 많을 것이며 새로 진보한 사적(事績)도 적지 않을 것이다. 오늘 우리가 보고 기록한 사실을 몇십 년 몇백 년 후에도 이를 다시 소상하게 보고 앉아서 신기하게 여길 일들도 있을 것이며 웃을 만한 일들도 많을 것이다.

그러니 뒷날 이를 보면 어찌 찬양치 않을 것인가. …… 본 신문의 주장은 첫째 우리나라 법도와 풍속을 날마다 고쳐 몇 해 안에 나라가 태서(泰西) 문명 제국과 동등하게 되어 남의 수치를 받지 않게 되기를 바라노니, 이처럼 만들어 놓은 후는 광무 이년 팔월 십일일부터 기록한 문자를 가지고 오늘날의 풍속과 사적을 흉보며 어리석게 여겨 태고적(太古的) 사기(史記)처럼 여깁시다.[5]

이종일은 창간호에 〈고백〉이란 논설도 썼다.

본사에서 몇몇 유지한 친구를 모아 회사를 조직하여 새로 신문을 발간할 새 이름을 제국신문이라 하여 순국문으로 날마다 출판할 터이니 사방 첨군자*는 많이 주의를 하여 보시오.

대개 제국신문이라 하는 뜻은 곧 이 신문이 우리 대황제 폐하의 당당한 대한국 백성에게 속한 신문이라 함이니 뜻이 또한 중대하도다.

본래 우리 대한이 개국한 지 사천여 년 동안에 혹 남에게 조공도

---

* 첨군자(僉君子): 여러 점잖은 사람

하고 자주도 하였으나 실로 대한국이 되고 대황제 존호를 받으시기는 하늘 같으신 우리 황상 폐하께오서 처음으로 창업하신 기초라.

우리 일천이백만 동포가 이같이 경사로운 기회를 접하고 나서 당당한 대한제국 백성이 되었으니 동양 반도국 사천여 년 사기에 처음 되는 경사라. 우리가 이같이 경축하는 뜻을 천추에 기념하기를 위하여 특별히 제국 두 글자로 신문 제목을 삼아 황상 폐하의 지극하신 공덕을 찬양하며 우리 신민의 무궁히 경축하는 뜻을 낳아 내노라.

그러나 그동안에 국 중에 신문이 여럿이 생겨 혹 날마다 발간도 하며 혹 간일(間日)하여 내기도 하며 혹 일주일 동안에 한두 번씩 내기도 하는데 그중에 영어신문이 하나요 일어로 섞어 내는 것도 있으되, 그중에 국문으로 내는 것이 제일 긴요한 줄로 믿는 고로 우리도 또한 순국문으로 박을 터인데 론설과 관보와 잡보와 외국 통신과 전보와 광고 등 여러 가지를 내어 학문상에 유조(有助)할 만한 말이며 시국에 진적(眞的)한 소문을 들어 등재하려는 바, 본사 주의인즉 신문을 아무쪼록 널리 전파하여 국가 개명에 만분지 일이라도 도움이 될까 하여 특별히 값을 간략히 마련하고 날마다 진실히 전하여 보시는 이들에게 극히 편리토록 주의하오니 사방 첨군사는 많이 사다들 보시기를 깊이 바라오.[6]

자주독립의 논설 집필

《제국신문》은 타블로이드 반절 크기로 4면을 발행했다. 3단 세로쓰기로 본문 활자 크기는 12포인트, 각 면의 기사 배정을 보면 1면은 논설, 2면은 관보, 3면은 잡보, 4면은 광고로 채웠다. 1904년 9월부터는 초기의 타블로이드 반절 크기에서 타블로이드판으로 확대했고, 1905년 12월 1일부터는 지면 배정의 혁신을 통해 1면에는 전면광고를, 2면에는 논설, 3면에는 관보, 그리고 4면에는 잡보를 실었다. 사설과 논설은 대부분 이종일이 썼다.

《제국신문》 논설에는 국민에게 개화사상과 자강 의식을 고취하고 계몽함으로써 우리 민족과 역사의 새로운 장을 열어보겠다는 옥파[•]의 집념과 의지가 새겨져 있다고 할 수 있다.

《제국신문》은 당시 계몽적인 기능 면에서 국민에게 새롭고 큰 힘을 부여했다. 논설을 통해 국민의 진로를 계도하고 정치, 국제, 군사, 경

《제국신문》 창간호(한국민족문화대백과사전)

제, 외교, 사회, 언론, 문화, 교육, 종교, 여성 문제 등은 물론이고, 정신문화 등 각 부문에 걸쳐 경종일세(警鐘一世)의 집필을 휘두르지 않은 곳이 없었다. 따라서 그의 논설은 올바른 비판과 대안의 제시로 국가 흥륭(興隆)의 추진력 있는 의견을 내는 일을 도맡았다고 해도 과언은 아니다.[7]

● 이종일의 도호는 묵암(默菴)이며, 호는 옥파(沃坡)다.

《제국신문》 초기에 이종일이 쓴 정치 분야 논설들의 제목은 다음과
같다.

　　〈국민 비판은 국정에 유리하다〉(1898.8.15.)

　　〈우국 충성의 그 절개를 본받자〉(1898.8.23.)

　　〈풍전등화 격인 대한의 위기〉(1898. 25.)

　　〈독립권은 남이 갖다 주지 않는 것〉(1898.9.29.)

　　〈인구조사 통계는 정확성을 기해야〉(1898.10.4.)

　　〈7대신 파직은 유례없는 영단〉(1898.10.14.)

　　〈대관들의 편당 싸움 근절할 때〉(1898.10.29.)

　　〈충애심 없는 군대는 신뢰 못 받는다〉(1899.1.6.)

　　〈혁신 기운에 충만한 우리의 형세〉(1899.1.16.)

　　〈구미(歐美)에의 관비 유학생 파견에 찬의〉(1899.1.23.)

　　〈정부와 민회(民會) 대립은 큰 유감〉(1899.1.25.)

　　〈구습 타파는 순리 따라 점진적으로〉(1899.1.27.)

　　〈열강의 각축과 대한의 형세〉(1899.2.2.)

　　논설 몇 편의 주요 대목을 골라 소개해 본다.

국민 비판은 국정에 유리하다(1898.8.15.)

지금 우리나라의 형편이, 정부는 무기력하기 짝이 없고 국민은 도탄에 빠져 말이 아닌즉, 이렇게 된 책임이 거의 권세와 지위를 가진 고관 몇 명에게 있다 해도 과언이 아니니, 국민들의 시비하는 소리를 듣고 정부는 깊이 깨달아야 한다.

국민이 경우 없이 무조건 정부의 처사를 시비하는 것이 아니다. 요 몇 년간의 일을 살펴보더라도 국민 여론의 힘으로 여러 가지 일이 바람직한 방향으로 처리되었음을 알 수 있다. 러시아 고문관을 해고하여 재정과 군권을 회복했고 정부 계획에 반대하여 절영도를 외국의 침범으로부터 구했으며, 신문을 발간해서 국민을 각성시키고 참된 국민적 여론을 조성하고 있다.

외국인이 정부를 공연히 비판하면 우리 정부는 역성들어서, 외국 공관들도 이 신문의 위력을 군사 몇만보다 더욱 두렵게 여기게 만들었다. 여론이 반영되어 의회원(議會院)도 곧 설치될 터인데 이런 모든 결실이 정부의 역할도 컸으나 결과적으로 국민의 힘과 여론의 소산이라고 할 것이다.

풍전등화 격인 대한의 위기(1898.8.25.)

대한은 위치상 동양의 요충지대가 되어서 아시아를 지배하려는 여러 제국들의 관심이 끊일 날이 없다. 러시아는 대한을 손아귀에 넣어 아시아를 지배하는 발판으로 삼으려 하고 있으며, 일본은 대한을 저희 나라의 방패로 삼으려 하고 있다. 이러한 대한의 운명은 영악한 사자와 사나운 매가 노리는 도마 위의 고기 신세와 흡사하게 되었다.

그러나 정부 관원들은 이들의 속셈을 모른 채 때로는 일본과 관계를 맺고, 때로는 러시아에 의지하여 자주독립을 공고히 다져야 할 민족적 대업에 역행하고 있으며, 국민들은 도탄에 빠져 미처 나라의 위급함을 생각할 여유가 없으니 참으로 안타까운 일이다. 이러한 위급한 때를 당하여 정부 관리들은 부디 구습을 때치고 충의와 애국심을 발휘하여 나라의 독립을 지키고, 문명·부강한 나라를 건설하는 데 노력해 주기를 바라 마지않는다.

그러나 문제는 대부분의 사람들이 부국강병이 이루어지고 국민들이 도탄에서 벗어나 안락한 생활을 누리는 것이 좋은 줄은 알고 있으나 어떻게 해야 나라를 위급한 처지에서 구할 수 있는가. 그 방법에 대해서는 관심이 없다.

독립권은 남이 갖다 주지 않는 것(1898.9.29.)

지금 우리나라의 독립이 위태로운 지경에 처해 있는데도 백성들이 걱정할 줄 모르는 것은 마치 남이 얻어준 재물을 아낄 줄 모르고 허비해 버리는 것과 조금도 다름이 없다. 언제든 대한 사람이 피를 흘려 독립을 굳게 다져놓고 세계에 공표해야 진실로 대한독립이 완성된 것으로 믿을 수 있다. 그러나 우리나라에서는 지금껏 독립을 위하여 피 흘릴 계제가 없었던 것도 사실이다. 정부는 물론 시민 대중들까지도 저마다 바람 부는 대로, 물결치는 대로 따라가기만 하며 조금이라도 생명의 위협을 받는 곳으로는 가지 않으려고 하니 아무 일도 성취되지 않았다.

우연히 독립관이 설치된 후로 정부 비판도 활발해지고 정책에 대한 반대론도 공개되기 시작했는데 이는 대한에서 처음으로 이념과 목적을 함께 한 편당이 생긴 것을 뜻한다. 정부에 팔팔한 관인이 몇 명이라도 있었다면 독립관을 절대 반대했을 것이다. 그러나 관인들은 타인의 주장을 따르지도 않을뿐더러 반대도 않고 망신까지 당하고 벼슬마저 내놓았다가도 벼슬에 연연한 나머지 머리를 숙이고 다시 그대로 다니려고 한다.

무슨 기미를 눈치채고 협회를 걸어 상소하고 또 없앨 궁리도 조금 하다가 얼마 후에는 엉뚱하게도 원조금을 내놓는가 하면 협회 일에 참여까지 하고 있으니 대적하여 시비할 만한 위인들이 못 된다. 남의 나라에서는 민권을 찾기 위해 몇십 년간 걸쳐 정부와 싸워서 성취하는 것이 보통인데 우리나라에서는 불과 몇 달 동안에 민권은 억압하기 어려울 만큼 성장했다.

—

여성들에게 인기 높아 3천 부 증간

이종일의 《제국신문》에 대한 열정은 신문의 인기를 크게 높였다. 처음에는 1천 부가량을 발간했다가 곧 3천 부로 늘렸다. 당시 서울 인구가 약 10만 명 정도여서 신문 3천 부는 적잖은 부수다. 신문 발간에 대한 여론을 들으니 점점 여성 독자가 증가하여 《제국신문》을 구독하고 있으며 관심도 높아졌다는 이야기이다.

> "제국신문을 증면 발행하면서 3천 부를 증간했는데 이것은 독자층의 요구가 있었기 때문이다."[8]

그는 신바람이 났다. 그는 당시 그가 느낀 자신감과 신념을 자신의 일기에 이렇게 썼다.

돌이켜 보건대 민중의 신문인 제국신문은 경향(京鄕) 간의 민중들로부터 절대적 지지를 받았는데 이는 유영식·이종면 그리고 내가 신명을 바쳐 명논설을 쓰고 광범위한 취재를 했기 때문이다.

우리들이 보답할 길은 단지 이 길밖에 없다. 또 가까운 동지인 장지연과 박은식·남궁억·정교·이건호 등의 후원은 실로 우리 신문의 앞날의 발전을 도와주는 것으로 우리는 더한층 신문사업에 분발하려는 것이다.[9]

《제국신문》이 주요 독자층을 여성과 서민층을 겨냥한 것은 파격이고 대단한 용단이었다. 여전히 남녀 차별이 심하고 여론 주도층이 양반 세력이던 시절이었다는 점을 고려하면 더욱 그렇다.

"이동녕이 본사로 찾아왔는데 신문 발간 및 계몽 논설 문제를 조언하러 온 것이다. 이(李)가 말하길 부녀자층의 기사 비중이 커진 것에 감동했노라 했다. 내가 말하길 이것은 기왕에 밝힌 기본 취지이므로 다음에는 단지 실천 기사를 게재하는 것뿐이라고 했다. 이는 역시 감명을 받았으며 논조로 좋다고 말했다."[10]

갓 태어난 《제국신문》이 국민 사이에서 화제를 모은 것은 순한글신문이라는 점 때문이기도 했으나 신문 사설 덕분이기도 했다. 사설은 주로 이종일이 집필했다.

> 제국신문의 사설을 여러 사람이 돌려보고 있다는 것을 우리들은 알고 있다. 이 관심거리 기록은 내가 집필한 사설로써 더한층 갑절 되는 용기가 일어난다. 그러므로 저절로 힘찬 필치를 휘두르게 되는 것이다.[11]

국민(백성)의 관심이 높았던 〈우리나라엔 세 종류의 도적이 있다〉라는 사설의 중후반은 이렇다.

> 속담에 이런 것이 있다. 시골 사람이 서울에 올라와 사모관대를 한 관리들을 보고 하는 말이, 우리 시골에서는 사모관대 쓴 도적이 하나인데도 백성들 살기가 힘든데 여기는 사모관대 쓴 사람이 많으니 백성이 어떻게 살아가느냐고 했다고 한다.
>
> 도적이란 밤에 담을 넘고 재물을 훔쳐 가거나, 흉기를 들고 물품을 강탈하는 것만이 아니다. 진짜로 무섭고 지독한 도적은 권력이나 재력을 이용하여 무도한 행위로 국민의 재산을 탈취하는 탐관오리들이다.
>
> 흉계를 꾸며 무고한 사람을 가두고 재물을 빼앗거나 음흉한 계교를 부려 힘없는 백성들의 재산을 가로채는 탐관오리들의 악행에

비하면 앞에 말한 좀도둑은 차라리 애교에 불과하다. 다만 도둑 중 사람을 죽이면서 강도질하는 화적 떼는 무거운 벌을 내려야 마땅하다.

그런데 요즘 민간의 도적들은 큰 벌로 다스리면서 관리들이 국민의 재물을 빼앗거나 나라의 재산을 횡령하는 도적질은 심상히 알고 큰 변고로 생각하지 않는 경향이 있다. 관리들의 부정과 부패가 국민에게 습관화되어서 웬만한 관리들의 부정과 횡령쯤은 죄에 들어가지도 않는다고 여기는 까닭이란 말인가.

국민이 태평하게 살 수 있는 길은 법률이 공정히 운영되어야 비로소 얻어지는 것이다. 지금 우리나라의 재판은 관원의 마음대로 법이 운영되어, 죄의 유무와 경중에 따라 벌이 내려지는 것이 아니라, 살인죄라도 뇌물의 정도에 따라 가볍게 처리되는 실정이다.

관리들이 뇌물을 좋아하며, 심지어는 무고한 사람을 공연히 가두고 제물을 요구하는 사례가 다반사로 일어나니, 국민은 열심히 일을 해서 재산을 모으기보다는 놀면서 쉽게 돈 버는 방법, 즉 도적질하는 풍조가 생긴 것이다.

그러므로 관리들의 부정부패와 국가 재산의 횡령, 뇌물로 인한 위법행위 등 큰 도적(탐관오리)들이 근절된다면 담을 넘어 재물을 훔쳐 가는 도적들은 자연히 없어지고 원래의 선량한 백성으로 돌아갈 것이다. 또 한 가지 탐관오리보다 더욱 크고 무서운 도적이 있다. 그것은 지금 우리나라를 노리고 있는 세계열강, 특히 일본과 아라사[●]를 말한다.

이들은 몇 명의 재산을 빼앗거나 도적질하는 것이 아니라 금광·철도·항구 등의 권리를 송두리째 빼앗음으로써 대한제국의 경제를 좀먹어 들어가고 있으며, 군사력을 동원하여 멀지 않아 무력으로 이 나라를 점령하려 하고 있다.

이처럼 우리는 지금 3가지 종류의 도적 떼들에게 둘러싸여 있다. 생활이 도탄에 빠져 할 수 없이 도둑으로 나선 국민, 국민의 재산을 권력으로 강탈하고 국가 재산을 횡령하는 탐관오리들, 그리고 이 나라의 땅과 재산을 모두 삼키려는 열강들. 이 중 가장 급하게 퇴치해야 할 도적이 어느 것이며, 퇴치하기 위해서는 어떤 일을 해야 하는지 국민은 심각하게 생각해야 한다.[12]

● 아라사 : 러시아를 한자음을 따서 부르던 이름

독립협회 시기

독립문(한국민족문화대백과사전)

최초의 사회 정치단체 '독립협회' 후원

독립협회는 …… 19세기 말엽 제정 러시아와 일본이 이권 침탈은 물론이요, 한국을 식민지 속국화하려고 침략 정책을 본격적으로 강화하고 미국·영국·프랑스·독일 등 열강이 이에 편승하여 경쟁적으로 이권 침탈을 자행하기 시작하던 시기에 창립되어 이에 대한 맹렬한 반대 투쟁을 전개하면서 독자적 근대 민족주의와 정치적 민주주의·의회 민주주의를 정립, 발전시킨 단체였다.[1]

독립협회는 기관지《독립협회월보》창간호의 서(序)에서 작명의 의미를 아래와 같이 밝혔다.

사람마다 독립하고 사람마다 협회 하기가 무엇이 어렵겠는가? 그런데 … 독(獨)하면 능히 입(立)하고 독이 아니면 능히 입하지 못할 것이며 협(協)하면 능히 회(會)할 것이요 협이 아니면 능히 회하지 못할 것이다. 그러나 독만 있고 협이 없으면 아집에 흘려 버릴 것이니 불립(不立)만 같지 못하고, 협만 하고 독이 없으면 무주(無主)에 흘러서 불회(不會)만 같지 못할 것이다. … 이로써 본다면 이제 이 네 글자로 명명(命名)한 것은 한낱 나라를 빛내는 문장의 면목뿐이 아니라 실로 백성을 교화하는 예악(禮樂)의 폐정(陛庭)이니……[2]

1896년 7월 2일 창립된 독립협회는 우리나라 최초의 사회 정치단체다. 이종일은 월남 이상재의 권유로 독립협회에 가입했다. 그는 독립협회에서 간부직을 직접 맡는 것은 사양했지만, 정교, 서재필, 이건호, 윤치호, 박은식, 장지연, 유근, 남궁억, 이동녕, 이상재 등 독립협회 주요 지도자들과 긴밀한 단계를 유지하며 독립협회를 후원했다.[3]

독립협회는 초기에 독립문, 독립관, 독립공원 건립을 내세우며 민족운동을 전개했다. 1897년 8월부터 정치, 경제, 교육, 종교 등 다양한 주제에 대해 토론회를 열면서 정치 단체의 성격이 짙어지고, 민간인이 다수 참여하면서 관민공동회를 개최하는 등 국권 수호의 결사체로 부상하게 되었다.

이종일은 독립협회에서 여러 가지 중요한 역할을 했다.

이종일은 윤치호를 독립협회 회장으로 추천해 선출되었으며, 관민공동회가 열렸을 때는 신문사 대표로서 참여(參與)에 추대되어 황제에게 〈헌의 6조(獻議六條)〉를 올렸다고 밝혔다. 관민공동회는 1898년 10월 29일 종로에서 각계각층의 시민 수만 명이 참가한 가운데 열려 열띤 토론회를 갖고, 모든 관민의 찬성을 얻어 황제에게 이른바 〈헌의 6조〉를 올리게 된 것이다.[4]

〈헌의 6조〉의 내용은 다음과 같다.

1. 외국에 의부(依附)하지 않고 관민이 한마음으로 협력해 전제 황권을 견고하게 할 것
2. 광산·철도·매탄(煤炭)·삼림 및 차관(借款) 차병(借兵)과 무릇 정부가 외국인과 맺는 일을 만약 각부 대신과 중추원 의장이 합동으로 날인하지 않으면 시행하지 말 것
3. 전국 재정은 어떤 세금을 막론하고 탁지부가 관할하게 하되, 타 부부(府部)와 사회사(私會社)는 간섭하지 말며 예산 결산을 인민에게 공포할 것
4. 지금부터 중죄를 저지른 범인은 별도로 공판하되 피고가 철저히 설명하여 끝내 스스로 인정한 뒤 집행할 것
5. 칙임관은 대황제 폐하께서 정부에 자순(諮詢)해 과반수를 따라 임명할 것
6. 실천장정(實踐章程)에 관한 것

고종은 처음에는 〈헌의 6조〉를 수용했다가 곧 관민공동회에 참석했던 박정양 등 대신들을 해임하고 독립협회 간부들을 구속했다. 수구파 조병식 등의 모함에서 비롯된 일이었다. 이에 따라 독립협회는 정부에 대한 비판 수위를 더욱 높여 나갔다.

1898년 8월부터 국정 전반에 관한 토론회를 열었다. 이른바 만민공동회를 개최한 것이다. 독립협회 간부들은 물론 무명의 일반 시민들까지 연사로 나서 다양한 토론을 벌였다. 특히 열강의 이권 침탈을 신랄하게 비판하고 의회 설립을 촉구하는 등 진보적인 의견들이 나왔다.

이종일은 여러 차례 독립협회 회원들의 초청을 받아 현장에서 강연했다. 그는 다산 정약용의 학문과 저술에 관해 말하고 개화사상, 특히 민권 관련 강연을 펼쳤다. 이와 관련해서 독립협회 일각에서는 그를 '사상적 고취자'라 했다.

> "이동녕 동지가 회사로 찾아와 독립협회의 민권운동과 그 사상(이념)에 관해서 협의했는데, 말이 나기를 다수의 독립협회 관계자들이 옥파 이종일을 사상적 고취자라고들 말하고 있다고 이동녕이 털어놓았다. 과연 내가 고취하는 민권 의식이 협회에 반영되는 것이다."[5]

여성 해방에 선구적 역할

이종일은 독립협회와 만민공동회 활동을 《제국신문》에 보도해 국민에게 알리는 한편, 토론과 강연 등 다양한 방법으로 참여했다. 국민 계몽과 특히 여성의 권익 향상, 그리고 정부의 잘못된 정치를 비판해 바로잡는 것이 국난을 예방하는 길이라고 믿었다.

만민공동회는 독립협회의 군권과 민권을 수호한 최상 최대의 좋은 예이다. 이상재와 윤치호와 장지연과 내가 주재한 것이다. 여성 회원 김 여사 등의 경우는 제국신문에서 여성들에게 사회 참여를 역설했기 때문이다.

요즈음 여성들이 방 속에 갇혀 있는 습속은 이제 반드시 깨어 버려야 한다. 여성의 재능은 잠재적인 자본이며 그들의 능력이 깊은 물속에 파묻혀 있으므로 이 재능을 발휘하도록 하고 국력을 배양하는 길에 쓴다면 우리나라의 발전은 확실한데도 다수의 정부 고위 관리들은 이런 일조차 알지 못하니 통탄할 노릇이다.[6]

그의 선각적 활동 중 특히 돋보이는 것은 여성에 대한 인식이 대단히 앞서 있다는 점이다. 1800년대 조선 후기 사회는 여전히 남성 위주의 주자학적 관습에 젖어 있었다. 동학이 이 같은 틀을 깨고자 했고 천주교가 들어오면서 남녀평등 사상이 전파되었으나 사회 일반의 관습은 쉽게 바뀌지 않았다. 그는 대한제국이 부강한 문명국가가 되기 위해서는 국민 계몽이 필요하고, 그러려면 여성의 개화가 함께 이루어져야 한다고 믿었다. 그리고 그는 그 기조를 동학사상에서 찾았다.

여성 개화의 시초를 말한다면 동학사상에 기인한다. 그러나 체계적으로 전 국민 각계각층에 인식되지는 못했다. 요사이 활약 중인 찬양회는 여성들이 여성 해방을 절규하고 교육 문제를 제기한 데서 중대한 의미를 나타냈으니 교육은 곧 여성의 계몽과 사회 참여의 가장 빠른 길이다. 이것은 또한 동학사상에서 기원한 것이며 또 이것이 여성의 내부적 발전사관을 제시하는 것이다.[7]

사회 일각에서 남녀평등론이 제기되고 여성 해방이 운위되고 있었으나, 여전히 남성들은 첩을 얻었고 생업으로 일하는 기생들이 존재했다. 여성 해방론자 중에서도 첩과 기생은 해방 대상에서 제외하는 이가 있었다. 그도 다르지 않았다.

그는 여전히 강고한 남존여비 사상의 잔재를 다음과 같이 지적했다.

> 대한의 인구를 대략 2천만으로 추산할 때 남녀별로 구분하면 여자는 2천만 명의 10분의 8, 9가량이 될 것이다. 여성 중에는 농민의 집 여성이 반 수가량 될 것이며 관인과 선비와 상민 집 여자가 각각 그의 10분의 1씩 될 것이다. 그러나 농민의 집 여인들은 거의 모두가 곡식 찧기와 길쌈하기, 또는 그 남편의 농사 수응 들기에 겨를이 없다. 그 남편은 낫 놓고 'ㄱ'자도 모르는 형편이다.
>
> 관인과 선비와 양반의 부잣집 여성들은 분성적(粉成赤, 분으로 하는 화장)이나 하고 깊은 규방에 들어앉아 조석으로 아무 일도 하지 않고 있다. 가난한 집 여자도 또한 바느질이나 하며 겨우 연명하되 그 부형과 남편 된 사람들의 말이 여자들은 아무것도 모르니 옷이나 꿰매고 밥이나 짓되 덕이 있으면 쓸 만하고 아는 것이 많으면 쓸모없다고 하며 고담(古談) 책조차 읽지 못하게 했다.
>
> 그러므로 여자들이 글을 안다는 것은 천 명에 한 명도 안 되고 편지를 서로 주고받을 만큼 글자를 아는 이도 천 명에 한 명꼴도 못 됐다. 더욱이 서책을 많이 읽어 능통한 이는 전국에 한 명도

없다.

이는 대한제국이 남자는 귀하게 여기고 여자는 천하게 여겨서 여자를 노리개로 보기 때문이다. 여자도 또한 자기의 권리를 잃어버려 스스로 남편의 하수가 되어 수용만 들고 학문을 하려는 뜻은 전혀 없다.[8]

그는 여성 교육을 역설했다. 직접 쓴 《제국신문》 사설에서는 여성이 학문을 해야 한다고 주장하며 그간의 잘못된 습속을 비판했다.

이제 여성 교육의 이해를 따져보면 첫째 어머니로서 학문이 없으면 그 자식을 잘 기르지 못할 것이며 자식을 잘 가르치지 못하면 불학무식해서 한 가정의 파탄은 물론 한 나라의 국세도 쇠퇴할 뿐만 아니라 온 인류 사회에 큰 폐단이 생기고 말 것이다. 또 여자가 학문이 없으면 사회의 유용한 일을 할 수 없으며 다만 남자에게 의지하여 벌어다 주는 대로 먹고 입기나 할 것이다.[9]

—

'대한제국민력회'의 조직과 활동

그는 독립협회와 만민공동회에서 활동하면서 대한제국민력회(大韓帝
國民力會)를 조직했다. 나라의 개화를 위해서는 신문 발행과 시민 조
직을 통해 민력(民力)을 키워야 한다는 신념이었다. 독립협회 활동에
참여하면서도 별도 조직을 꾸린 것은 독립협회가 권력에 의해 해체될
일에 대비한 것이었다. 민력회를 조직한 그는 회원들과 함께 독립협
회에서 벌이는 각종 행사에 참여했다.

그가 민력회 조직을 구상한 것은 1898년 초부터였다.

신문 발간 사업을 의논하기 위해서 우리 집에 유영석·이종문·정
교·장효근·염상모·이종면 등 여러 사람이 모였다. 모두 말하기를
"대한제국의 의의에 대해서 토론하는데 과연 우리나라는 장차 어디

4장 독립협회 시기

로 가려고 하는 것인가? 우리들이 힘을 모아 개화운동에 이바지한다면 우리나라의 개혁은 오래지 않아 달성될 것임은 분명한 일이기는 하나 그 과업은 괴롭고 힘이 드는 까닭에 우리들은 마음을 합하여 민중의 계몽을 달성하도록 하면 어떠할까?" 여기에서 내가 말하기를 대한제국민력회를 조직하고 싶다고 했는데 모두 다 찬성한다고 말하여 금주 중으로 조직하기로 협의했다.[10]

그는 조직을 꾸리는 수완이 대단했다. 당시 신문 창간을 위해 동분서주하면서도 민력회 조직에 노력을 기울였다. 보통 사람이었다면 한 가지도 해내기 어려운 일이었고 상황이었다. 3월 9일 드디어 그의 집에서 민력회가 조직되었다.

드디어 대한제국민력회를 우리 집에서 조직했다. 이종일이 회장이 되고 유영석이 부회장이요 염상모가 주간사가 되고 정교와 이건호와 이종면·이종문이 고문이 되었다. 앞으로 실제 사업을 펼쳐 나가는데 민권을 총합하는 것과 정부의 비정에 대하여 비판하는 것을 주로 할 것이다. 회의를 끝내고 한밤중까지 환담하였다.

독립협회 회원들이 종로 일대에 모여 만민공동회를 개최하고 러시아의 세력을 몰아낼 것과 이권의 양도에 반대한다는 성토를 했으며 우리 대한제국민력회 회원 30여 명도 또한 이 회에 참가하여 민권을 확보할 것과 국권을 고수할 것을 절규했다. 또 이승만을 총대로 뽑아 외무대신에게 파견하여 항의문 여러 통을 전달했는데 그중 한 통은 바로 내가 집필한 것이었다.[11]

민력회 회원은 40여 명이었다. 이종일은 매주 말 회원들에게 실학과 동학사상을 강론하며 민권운동을 역설했다. 그는 그것이 동학과 실학사상이 민력을 배양하고 발전시킬 방법이라고 믿었으며, 이를 통해 국력 신장의 근간이 될 인재를 양성하려고 했다."[12]

독립협회와 민력회는 추구하는 가치와 목표가 다르지 않았다. 얼마 후 박은식, 유근, 이건호 등이 입회하면서 세가 강해지고, 두 단체는 수레의 양 바퀴처럼 움직였다. 그리고 때로는 독립협회의 전위 역할도 맡았다.

내가 대한제국민력회원 30여 명을 거느리고 종로에 당도하여 급작스레 단을 설치하고 단상에 올라가 연설했다. 열변을 토하며 말하기를 "우리나라의 탁지부 재정과 군부의 재정을 바르게 집행할 것이며 우리나라 토지를 외국인에게 내어 주어서는 안 될 것이다. 우리나라 폐하를 충성으로 받들어야 하며 우리나라의 독립자 주권을 지켜야 한다. 민력을 총합하여 부강과 국력의 신장을 꾀하는 것만이 이런 일들을 성숙케 하는 으뜸이 될 것이다."라고 하였다.[13]

독립협회와 민력회의 활동이 활발해지고 많은 시민이 참여하면서 정부의 탄압이 강화되었다. 간부들이 구속되고 여러 방향에서 압력이 나타났다. 그럴수록 이종일의 의지는 굳어졌다.

> 박은식·장지연·유근·정교·이건호 등과 독립협회의 진로 문제에 관해 이야기했는데 비록 정부에서 압력으로 저지하고 있지만 우리들 독립협회 회원과 대한제국민력회 등 수백 명은 탄압에 맞서 씩씩하게 충돌해 가면서 벌 떼처럼 일어나야 한다. 이렇게 해야만 민권운동을 하는 사람으로서의 본분과 책임을 다하는 것이다.
>
> 대한제국민력회를 개회했는데 박은식·유근·이건호 등이 추가로 입회하고 활동 방향을 맹세했다. 만일에 독립협회를 해산한다면 우리 대한제국민력회 회원 40여 명이 뒤를 이어 일어날 것을 결의했다.[14]

민력회는 독립협회가 강제 해산된 후에도 활동을 계속했다. 회원들은 1914년 5월 보성사 사원들과 함께 군자금을 모금하여 만주의 독립운동 단체인 독립의군부에 전달했다.

> 손의암 혼자서 군자금을 조달하기 어려우므로 우리 대한제국민력회원 20여 명과 보성사 사원 30여 명이 함께 군자금 모집을 위해

동분서주한 결과 수백 원을 모을 수 있었다. 이것은 우리의 독립운동을 위해 필요하기도 하지만 다른 동지들을 돕는 데도 상당히 유용한 것이다. 따라서 보성사 사원을 시켜 독립의군부에 백 원의 군자금을 전달했다. 이 소식을 들은 손의암도 만면에 희색이 가득했다. "보람 있는 일을 묵암이 잘했소이다"라고 나를 응시했다.[15]

—

독립협회 폐쇄, 비판 사설 작성

1886~1898년은 이종일이 《제국신문》을 발행하고, 독립협회 참여 했으며, 민력회를 조직하는 등 그의 생애에서 가장 왕성하게 활동한 시기였다. 40대 초반의 혈기 넘치는 시기였다. 그만큼 하는 일도 많았지만 시련도 적지 않았다.

《제국신문》은 발행 부수가 크게 늘지 않았고, 광고도 붙지 않았다. 구조적인 한계였다. 신문을 읽을 독자 중 여성과 서민은 많지 않았고, 상업광고를 의뢰할 기업체도 별로 없었다.

먼저 독립협회의 사정부터 살펴보면 이렇다.

《제국신문》의 정부 대신들과 탐관오리들에 대한 비판은 관료와 수구 세력에게 성가신 존재처럼 인식되었고, 유명무실한 자문기관인 중추원을 없애고 의회를 설립하자는 독립협회의 주장을 고종은 왕권(황제권)에 대한 도전으로 받아들였다.

독립협회는 친로 수구파 정부와 고종이 의회 설립에 완강히 반대하자 친로 수구파 정부를 그대로 두고서는 의회 설립이 불가능하다는 것을 깨달았다. 그러자 수구파 정부를 퇴진시키고, 관료 중에서 의회 설립을 지지하는 박정양, 민영환 등을 통해 개혁파 정부를 먼저 수립한 후 새로운 정부와 협의해 상원을 설립하는 것이 더 낫겠다고 판단했다.

이에 독립협회는 1898년 7월부터 9월까지 백성들의 신체와 자유권을 침해하고 열강의 이권 침탈에 협조한 수구파 대신들의 죄상을 낱낱이 조사해 치열하게 성토하고 규탄했다.

불안을 느낀 고종 황제는 1898년 9월, 황실 호위 외인부대를 창설하기 위해 상해에서 30여 명의 외국인 퇴역 장병들을 고용했다. 독립협회는 이를 격렬히 규탄했고, 고종은 결국 그들을 돌려보냈다. …… 또한 1898년 10월 1일부터는 수구파 일곱 대신의 퇴진을 요구하면서 궁궐 앞에서 회원 1만여 명과 시민들이 연일 철야 농성 시위를 벌이기도 했다.[16]

고종은 민의를 수용하는 대신 탄압의 칼을 뽑았다. 독재자나 아둔한 권력자가 늘 하는 수법이었다.

1898년 11월 4일 독립협회에 해산 명령이 내려졌다. 많은 간부가 체포되었고 각종 서류는 압수되었다. 이상재, 방한덕, 이건호, 정교, 홍정후, 염증모, 김구현, 남궁억, 윤하영, 한치유 등 17명이 검거되었다. 이종일과 윤치호는 다행히 산속으로 피신해서 검거를 피할 수 있었다.

> "나는 집에 돌아왔는데 체포를 면하여 독립협회의 검거된 회원들에게 미안스러웠다. 그러므로 나는 곧 신문지상에 사과할 것을 발표하기로 했다."[17]

이종일은 《제국신문》에 '독립협회 폐쇄는 민의의 말살-국가 흥망은 민권 유무에 달려 있다'라는 사설을 썼다. 사설의 중후반은 다음과 같다.

> 우리나라가 독립 국가임을 온 세계에 선포하기 위해 정부와 서민들이 모두 화합하여 독립문을 짓고 독립협회를 조직했다. 이때 우리는 자주독립 국가임을 자랑하고 다시는 무너지지 말자고 맹세한 것이다. 그 후 외국에서 토지를 요구하는 일이라든지 무리한 것을 자행하는 일이 발생하면 정부와 독립협회가 적극 방어하여 외국의 방자한 것을 예방한 일이 많다.

이는 아무리 막강한 나라라 할지라도 남의 나라 권리를 함부로 넘볼 수 없다는 우리 국민의 단합된 결의가 반영된 탓이지 우리나라가 막강한 군사력을 가진 나라이기 때문인 것은 아니다. 그런데 정부는 어느 날 밤 갑자기 폐쇄한 데 대하여 많은 의혹을 품게 될 것이다.

외국인들은 우리나라 국내 사정을 알아차리고 땅과 채광권 등을 달라는 무리한 요구를 해올 가능성이 큰데 이때 정부는 어떻게 대처할 것인지 이에 대한 식자의 염려가 많다. 그러나 요즈음 학생·시민들은 감옥에 갈 것을 각오하고 경무청·고등재판소로 몰려가서 독립협회의 폐쇄를 해제하라고 진정하고 있다. 이처럼 민의가 활발한 것을 본 외국인들은 우리 민도가 높다는 것을 알고 우리나라에 무리한 요구를 절대로 하지 않을 것으로 판단되는 것이다.

이 소문이 전세계에 알려지면 민권을 찾으려는 백성들의 명성은 더욱 높아질 것이다. 정부가 나라를 보호하지 못하고 백성들이 권리를 찾지 못하면 6백 년 종묘사직과 3천 리 강토는 큰 위기에 처하게 될 것이다. 누구나 모두 정신을 가다듬어야 할 때이다.[18]

4장 독립협회 시기

시련기를 맞아

만세보(국립고궁박물관)

—

필화와 구금, 검열의 수난 겪어

이종일은 그는 문명개화와 외세로부터 국권을 수호하기 위해서는 국민이 깨어 있어야 한다고 굳게 믿었고 그것을 위해서는 신문의 공정성이 전제되어야 한다고 역설했다. 그것이 그가 《제국신문》을 내려놓을 수 없는 당위였다. 그러나 당연하게도 안팎에서 시련이 따랐다. 가진 것을 다 쏟아부었으나 재정난은 쉽게 풀리지 않았고 1899년 12월 19일에는 원인 모를 화재가 일어나 인쇄기와 집기류가 모두 잿더미가 되어 버렸다. 그 일로 8일 동안 신문을 발행하지 못했고, 12월 27일에야 속간할 수 있었다. 그는 경영자, 사원, 기자, 주필로서 1인 4역의 고된 일을 맡아 하면서 다시 신문을 발행했다.

독립협회 일로 피신해야 했고 필화 사건도 잦았다. 고종 황제의 탄신절을 맞아 만수무강을 기원하는 기사 중 '만세(萬歲)'가 '망세(亡

    5장 시련기를 맞아

歲)'로 잘못 인쇄되어 구금되기도 했다. 1904년 3월 22일에는 '사형실황(死刑實況)'이란 기사 때문에 경무청에 구금되었다. 장인근, 김상인 기자 등과 함께 구금되었다가 두 기자는 3일 만에 석방되었고, 이종일은 4개월 후에야 석방되었다.

이후 일제의 대한제국 침탈이 가속화하면서 대한제국 정부가 여전히 숨 쉬고 있을 때부터 자행된 일제의 《제국신문》에 대한 탄압은 더욱 심해졌다. 결국 1904년 10월 9일 《제국신문》은 일본 헌병사령부에 의해 정간 명령을 받는다. 정간 이유는 일본에 군사상 방해가 되며 한·일 국교와 치안에 방해가 된다는 것이었다.

이종일은 《제국신문》이 정간된 지 한 달이 되는 날을 택해 '본 신문 정지하였던 사정'이란 제목의 논설을 썼다.

그 논설의 내용을 대략 옮겨 보면 아래와 같다.

"거월(去月) 9일 일요일 오후 4시경에 신문을 때마침 발간하려 할 때 일본 헌병사령부 위관 1명과 하사관 1명, 헌병 5명, 통역관 1명이 들이닥쳐 사령부 명령이라면서 본월 7일 자 제국신문 논설 내용이 일본 군사상에 방해가 되며 한일 양국 교제에 방해이며 치안에 방해되는 말을 냈으니, 신문을 정지하라고 하고 절반쯤 인쇄 중인 신문 기계를 정지시켜 신문 인쇄를 못 하게 하고 봉하고 가는지라 …… 거월(去月) 1일에야 …… 금령(禁令)이 해제되어 다행하고 반가와 즉시 발간하려 했으나 본사 재정이 군졸하여 지탱키 어렵던 차에……."[1]

《제국신문》에 대한 탄압은 정부나 일제뿐만이 아니라 '동업 관계'인 《한성신보》와 《조선신보》도 가세했다. 서울과 인천에서 일본인들이 발행하는 신문들이었다. 이 신문들은 언론 본연의 임무보다는 일제의 국익을 위한 선전지 역할을 하고 있었다.

따라서 이종일은 왜곡을 일삼고 심지어 우리 황제까지도 무례하게 함부로 거론하는 '놀랍고 괘씸'한 《한성신보》와 《조선신보》 등 일본인이 발행하는 신문과의 일전을 불사했다. 그는 《제국신문》의 논조에 대해 여러 번 시비를 걸었던 《한성신보》의 부당함을 지적하고 대응했다.

그런데도 《한성신보》가 계속해서 악의적으로 '무례한 욕설과 비방', '당치 않은 욕설과 시비'를 일삼자, 그는 일제의 침략적 의도를 정확히 간파하는 강경하고 준엄한 논설을 써서 일본 기자의 '무지함'과 '교만함', '음흉한 침략의 흉계'에 대해 반박했다.[2]

이종일은 〈조선신보의 거듭 망언을 반박한다〉라는 논설에서 다음과 같이 팩트가 아닌 의도성을 비판했다.

"조선신보의 논설은 …… 사건 경위를 잘 알면서도 논란하기를 좋아해서 사실과 동떨어진 글을 썼다면 한낱 글재주에 도취한 것이라고 볼 수 있으며 진상을 모르고 그런 글을 썼다면 어리석은 자라고밖에 말할 길이 없다. 아마도 조선신보 기자는 진상을 잘 알고 있으면서도 무슨 의도를 품고 일부러 왜곡해서 쓴 글이 아닌지.”[3]

일제가 득세하면서 총독부가 세워지기 전부터도 조선인 발행 신문에 대한 탄압은 심했다.

1904년 7월 20일 한국주차군사령부는 이른바 〈군사경찰훈령〉을 발표해 “집회나 신문이 치안을 방해한다고 인정할 때는 그 정지를 명하고 관계자를 처벌”하도록 했다. 그뿐만 아니라 “신문 발행 전에 미리 군사령부의 검열을 받게 함을 요(要)”(제2항)하도록 했다.

아래 기록에서도 당시 신문 제작이 얼마나 어려웠는지를 알 수 있다.

신문을 매일 편집하여 박을 때에 경무 고문실에 가서 검열을 거친 후에야 인쇄하는데, 만일 검열하는 일인이 그대로 인가하면 그대로 박이고 무슨 구절이든지 내지 말라고 살을 쳐 주면 부득이하여 그 구절은 글자를 뒤집어 박이는 데 만일 그 자리에 다른 말을 채우려면 또 검열받아야 할 터인데, 매양 날은 저물고 채울 말도 없어서 남이 알아볼 수 없이 되는 것인데, 본월 17일 신문 잡보 중 시사촌언이란 구절을 검열에서 내지 말라 하여 글자를 뒤집어 놓는 때에 혹 뒤집어 놓기도 하고 혹 그저 두기도 하여 반박지게 된 까닭에 경무 고문실에서 본 사장을 불러 검열하는 영을 받지 않았다 하고, 3일 정간을 시키는 고로 그동안 신문을 발간치 못하였다가 작일(昨日)에 그 기간이 다한 고로 금일부터 발간하오니 첨위(僉位)는 조량(照亮)하시려니와 우리가 한마디 경고할 것은 어서 학문 힘쓰고 일들 하여 국력이 부강하여 이런 검열을 받지 않고 신문 발간하도록 하시기 바람.[4]

국치* 직전 《제국신문》 폐간

이종일은 68년의 생애 가운데 10여 년을 언론 활동에 바친 언론인이었다. 《제국신문》만이 아니라 《만세보》, 《대한협회보》, 《천도교회월보》 등에서도 주도적 역할을 했고, 3·1혁명이 일어난 시기에는 비밀 지하신문 《조선독립신문》을 창간했다.

한말 민족 수난기와 엄혹했던 식민지 초기에 그는 언론인으로서 투철한 책임과 시대적 소명에 모든 것을 바쳤다. 자신이 발행하는 신문 외에도 《대한협회보》, 《대한자강회월보》, 《천도교회월보》 등 민족주의 계열의 매체에도 논설을 집필하며 자주·자강을 역설했다.

어두운 시기에 《제국신문》보다 조금 먼저 발행된 《황성신문》과 어

● '국권피탈'의 이전 명칭인 '경술국치'를 뜻함.

깨를 나란히 하면서 민중 계몽과 국정 개혁, 외세의 이권 침탈 등을 매섭게 질타했다. 《황성신문》이 소수의 지식층을 상대로 한 것과는 달리 《제국신문》은 일반 서민과 여성들도 쉽게 볼 수 있도록 한결같이 한글신문을 고수했다. 《제국신문》이 창간된 지 3년, 1천 일이 되는 1901년 5월 4일 자에 그는 아래와 같은 소회를 밝혔다.

> 신문이란 것은 결국 인민을 위하여 발간하는 것인 고로 외국 사람들은 신문사에 무슨 재앙이 있어 결간(缺刊)이 난다든지 재정이 궁졸(窮拙)하여 정지될 경우를 당하게 되면 그 나라 유지한 친구들이 분발 협력하여 자기의 일로 알고 재물을 보조해서 완구히 성립이 되게 하는데……[5]

재정난이 가중되자 그는 시민들의 지원을 바랐다.

《제국신문》은 수차례 걸쳐 공식적으로 사회 유지들의 의연금을 받았다. 예를 들면 휴간 중 창신사로부터 복간을 위한 기부금을 받았으며, 각 부인단체에서 복간을 위해 모금 운동을 전개하기도 하였다. 또한 1908년 8월 18일에는 김가진을 비롯한 박은식·유근·김윤오·유동열 등이 《제국신문》 찬성회를 발기하여 《제국신문》을 적극 후원하기도 하였다.[6]

하지만 정부 관료들의 배척, 봉건 유생들의 공격과 성토, 일제의 탄압에 더해 정부가 우편료를 인상해 지방 발송 비용 부담까지 크게 늘었다. 지방 관청의 관찰사와 군수들이 잇따라 구독을 거절했다. 이종일은 이와 관련하여 지방관들에게 시대적 각성을 촉구했다.

…… 본사에서는 지방 군청 경비의 궁색함을 잘 알고 신문을 한 장씩만 보내고 있으며 결코 이익을 얻고자 억지로 구독케 하는 것은 아니다. 그런데 본사에서 지방 군청에 신문을 발송하는 데는 몇 가지 이유가 있기 때문이다. 첫째, 본지는 국문으로 발행해서 우리나라의 자주독립 정신을 함양하고 있으며, 둘째, 본지가 『황성신문』과 함께 우리나라 신문계의 중추적 위치에 있음을 보이기 위함이다.

우리나라의 모든 관찰사와 군수들이여. 그저 월급이나 타 먹고 백성들 재물을 뺏던 낡은 시대의 꿈에서 깨라. 그럼으로써 조금이라도 나라와 백성을 위해 올바른 정사를 펴고 문명을 발전시켜 하루빨리 국권을 회복하도록 힘써 주기 바란다. 모든 지방관이 신문을 바로 읽고 독립 정신에 투철하며, 신문명과 세계 정세를 알고 분발하면 국권 회복에 큰 힘이 될 것이다.[7]

정부의 우푯값 인상에 대해서도 강한 어조로 비판했다.

첫째, 정부에서는 신문이 없을수록 편하다고 생각하고 있기 때문이다. 정부 관리의 일가친척이 모두 지방관인데 거의가 선치(善治)는 안 하고 학정을 하고 있으며 신문에서는 이들의 학정을 기사로 발표하고 있기 때문이다.

둘째, 백성들이 신문을 읽어 정신이 개명될수록 멋대로 원 노릇을 하기가 힘들 것이며 자기들 마음대로 벼슬을 팔거나 땅을 팔아 협잡(挾雜)하는 일이 샅샅이 신문에 나면 전 국민은 물론 외국까지 알려질 것이기 때문이다.[8]

조선을 강점한 일제는 언론 탄압에 철저했다. 일제는 반일민족운동을 진압하기 위해 1907년 7월 24일 언론·출판의 자유를 금지하는 신문지법을 제정 공포했다. 그리고 사전검열을 통해 이를 통제했다. 이종일은 검열에 걸린 1907년 2월 7일 자 기사를 삭제하지 않고 그대로 발행했다가 2일간 정간 처분을 받았다. 그는 정간이 해제된 2월 10일 자에서 이를 비판했다.

이번으로 동지(同誌)가 세 번째 정간이며, 이는 우리나라 신문이 왜인에게 검열받는 연고요, 그 검열받는 연고는 우리나라에 권리가 없는 연고다. …… 우리 동포로 말하여도 검열받는 신문을 발간하여 무엇하느냐 하는 이가 있다 하나 …… 국권 없는 것을 통분히

　　　　5장　시련기를 맞아

여길 것이요.

검열을 받고 무수 곤란을 당하여 가면서 미진 심력(未盡 心力)하는 신문사를 나무라지 말고 더욱더욱 각 신문을 많이 보아 지식을 늘려 가지고 국권 회복하여 검열받지 않고 신문을 하여 보기 힘쓸지어다.[9]

이종일은 1898년《제국신문》을 창간한 이래 어려운 경영 상황과 일제의 탄압 속에서도 끈질기게 명맥을 이어갔다. 그러는 동안 나라는 점점 더 위기에 빠졌고 일제의 검열은 더욱더 그를 옥죄어 왔다. 창간 당시 신문의 구독료는 한 장에 4푼, 한 달 선금으로는 엽전 6돈이었고, 광고료는 1행에 6전이었다.[10] 이종일은 구독료를 상대적으로 싸게 책정한 이유를 좀 더 많은 독자를 확보하기 위해서였다고 밝혔다. 그는 10여 년간 이 가격을 고수했다.

그는 1907년 6월 7일《제국신문》의 운영 책임을 정운복에게 넘겼다가 다시 복귀했으나, 국치가 막바지에 달한 1910년 8월 2일 결국 문을 닫고 말았다. 격동기에 10여 년 동안 '암신문'으로 불리며 일반 대중을 위한 신문을 힘겹게 발행하다가 일제가 대한제국의 국권을 탈취하기 바로 전에 스스로 폐간한 것이었다.

학교 설립과 강의, 일진회 경계

한말 애국지사 중에는 국민 계몽운동의 일환으로 각급 학교를 세우는 이들이 많았다. 국권을 회복하기 위해 1907년 조직된 비밀결사 신민회가 정주의 오산학교, 평양의 대성학교, 서울의 협성학교를 비롯해 각지에 학교를 세워 인재를 양성했던 것처럼, 개인과 단체들 역시 학교를 세워 학생들을 가르쳤다.

이종일은 개화 방법의 하나인 신문 발행에 이어 학교를 세우고자 했다. 시간을 쪼개어 교단에서 학생들에게 신문명과 개화사상을 가르쳤고 1894년에는 보성보통학교 교장으로 취임했다. 고종 때의 탁지부 대신이었던 이용익이 소학교, 중학교, 전문학교를 나누어 설립한 보성학원에 속한 학교였다. 그런데 보성학원을 세운 이는 이용익이었으나 후견인은 고종이었다. 그러나 일제가 1906년 이상설, 이준, 이위종

5장 시련기를 맞아

등의 헤이그 특사 사건을 빌미로 고종을 퇴위시키면서 보성학원에 대한 지원도 끊겼다. 다행히 주인이 없는 보성학원을 이끌던 윤익선이 천도교 교주 손병희를 찾아와 지원을 간청해 간신히 살려냈다. 이 학교가 바로 지금의 고려대학 전신이다.

이종일은 1898년 11월 민영환, 임병구, 한우, 정교 등과 함께 사립 흥화학교를 설립했다. 1902년 2월에는 김가진, 지석영, 이재각, 조동완 등과 국문학교(國文學校)를 설립했으며, 한강 한남학교(漢南學校)의 건립에도 협찬하는 등 학교 건립에 열심을 기울였다.[11]

그는 직접 학교에 나가 학생들을 가르치기도 했다. 학생들의 애국심을 일깨우기 위한 국사 교육을 담당한 것이다. 직접 가르침을 받았다는 이병도(李丙燾)는 이렇게 회고했다.

이종일 선생은 나의 은사였다. 내가 어려서 공부하던 보광학교(창덕궁 앞)의 교장이었다. 가끔 그분의 훈화와 또 국사 강의도 들은 기억이 난다. 이 학교는 지금의 초등학교 정도지만, 어떤 과목은 중학교와 같았다. 더욱이 한문에 있어서는 글방 아이들을 모아다 놓은 만큼 정도가 지금의 대학생보다 높았다.

선생의 낭랑한 목소리와 훤칠한 키에, 한복 차림의 모습은 지금도 눈에 선하다. 그때 그분은 다른 일에도 바빴던 모양이나 학교에

이종일 손녀 이장옥과 제자인 역사학자 이병도(묵암이종일선생기념사업회)

도 자주 나오셨다. 나는 어린 시절이었기 때문에 그분이 그렇게 위
대한 선각자임은 알지 못하였다. 내가 국사를 전공하고 또 우연한
일이지만 옥파기념사업회의 회장직을 맡게 된 것을 생각할 때 기
연이라고 아니할 수 없다.[12]

이종일은 여러 가지 일을 지치지 않고 해낼 수 있는 건강체였다. 이
병도가 '낭랑한 목소리와 훤칠한 키'라고 회고했듯이 그는 육척장신
이었다. 손녀 이장옥(李璋玉)은 "육 척 장구의 거인이셨으며 한번 소
리를 지르면 쩌렁쩌렁 온 동네에 메아리칠 정도"[13]였다고 증언했다.

그는 교육에 남다른 관심이 있어 《제국신문》에 여러 차례 관련 논설을 실어 그 중요성을 역설했다.

① 교육은 국가·문명 발달의 척도, 청국의 쇠퇴·일본 융성이 입증을 비롯 ② 교육은 문명과 부강의 기틀, 통일성 있는 국가 방침 긴요 ③ 학부는 의무교육 실시 천연 말라, 일부 지방의 천연소식 놀라운 일* 등 수십 편에 달한다.

지금 우리 동양의 한·일·청 3국은 인종도 같고 풍속도 비슷하게 살아왔다. 그중 청국은 나라가 크고 문물이 발달했으며 사람들도 외모가 당당하고 위엄을 갖추었건만 지금 세계 여러 나라로부터 대접을 받지 못하고 국세가 혼란한 지경에 빠져 있다.

한편 일본은 조그만 섬나라이며 인구도 적고, 사람들 외양도 보잘것없지만 세계에서 몇째 안에 드는 강국이 되어 동양을 지배하려 하고 있으니 이렇게 청·일이 차이가 난 원인이 바로 교육의 유무에 달려 있다.

한국과 청국은 그동안 학문에 힘쓰지 않았고 허세만 부려왔으나, 일본은 교육에 힘써 국민을 개명시키는 데에 노력했기 때문에 나라가 지금같이 부강해진 것이다.[14]

* ①②③은 편의상 저자가 붙임.

그는 학교를 많이 세워 인재를 키워서 국권을 회복해야 한다고 거
듭해서 주장했다. 젊은이들이 전문 교육을 받아 1명이 10명을, 10명
이 100명을 가르칠 것을 제안했고, 매국 단체 일진회의 학교 설립을
경계했다.

지금 전국 공사립학교의 수효를 조사해 본 바에 따르면 1백 45개
교가 세워졌는데 일진회(一進會)가 설립한 것이 근 1백여 개 교나
된다고 한다. 파종(播種)은 비록 얼마 되지 않아도 때가 되면 수확
이 가능하며 누룩이 비록 적다 해도 큰 독 속의 술은 결국 양조(釀
造)되는 법이니 지금은 비록 교과서의 내용이 간단하고 학생을 가
르칠 인재가 적어서 교육의 성과를 크게 기대할 수는 없으나 근일
과 같이 교육을 진작시켜 한결같이 힘써 나간다면 한 사람이 10명
을 가르치고 10명이 백 명, 천 명을 가르친다면 멀지 않아 전 국민
이 교육을 받게 될 것이다.[15]

국치 전야 각종 사회단체 참여

그는 대단히 활동적이었다. 민족의 운명이 풍전등화와 같던 상황에서 지식인으로서 느낀 책임감 때문이었을 것이다. 신문사 사장으로 있던 1906년 3월 31일, 윤효정, 장지연, 심의성 등과 함께 대한자강회(大韓自強會) 조직에 참여했다. 회장은 윤치호가 맡았다. 을사늑약으로 국운이 기울어진 때였지만, 우국지사들이 모여 국권을 회복하자는 의지였다.

이종일은 대한자강회 기관지 《대한자강회월보》에 〈대한자강회가〉를 발표하는 등 열정을 바쳤다. 이 단체는 창설된 지 1년 반 만인 1907년 8월 21일 매국노 이완용의 집 방화 사건에 연루되었다는 이유로 또 다른 매국노 내부대신 송병준에 의해 해산되었다. 《대한자강회월보》는 13호를 끝으로 발행이 중단되었다.

　천도교는 1906년 6월 17일 손병희의 발의로《만세보》를 창간했다. 이종일은《제국신문》사장이었기에 간부직은 맡지 않은 채 창간에 깊이 참여했다. 발행 장소는 서울 남서회동(南署會洞) 85통 4호였고, 사장은 오세창, 발행인 겸 편집인은 신광희, 주필은 이인직으로 꾸려졌다. 창간 당시에는 4면이었다가 1907년 3월 9일 자부터 8면으로 증면했는데, 당시 신문값은 1부에 일 전(一錢)이었다. 사장 오세창은 개화사상가 오경석의 아들로 태어나《한성주보》에 관여하고, 1902년 개화당의 역모 사건에 가담했다는 혐의를 받자, 일본으로 망명했다가 망명 중에 손병희를 만나 천도교에 입교한 뒤 함께 귀국해서《만세보》의 책임을 맡았다.

　《만세보》는 우리나라에서 처음으로 한자에 한글 루비 활자●로 토를 달아 한자를 모르는 사람도 읽을 수 있도록 했다. 이종일의 작품이었다.《만세보》는 친일 단체인 일진회를 강경한 논설로 비판했고, 1906년 7월 23일 자에서는 내부대신 이지용의 매국 행위를 규탄했으며, 10월 14일 자에서는 군부대신 이근택의 비행을 폭로했다.

　《만세보》는 우리나라 최초의 신문 연재 소설인 이인직의 〈혈(血)의 누(淚)〉에 이어 〈귀(鬼)의 성(聲)〉을 연재하는 등 화제를 불러 모았다.

● 루비활자: 루비(ルビ, Ruby character)는 일본의 인쇄 용어로, 후리가나의 표기를 위해 사용되는 본문 활자 절반 크기의 활자 또는 이 활자에서 유래한(특히 인쇄물에 나오는) 후리가나 표기 자체를 가리키는 표현. 여기서는 한글로 토를 단 것을 이렇게 표현했음.

고종도 이 신문을 읽고 내탕금으로 1천 원을 하사했다.

이인직은 《만세보》가 운영난에 빠지자, 이완용의 힘을 빌려 시설을 인수한 뒤 친일 내각의 기관지 《대한신문》을 창간했으며, 대한제국 병탄 때는 이완용을 도왔고 일왕 다이쇼(大正) 즉위식에 헌사를 바치는 등 친일파가 되었다.

《만세보》는 천도교의 기관지이면서도 시사 종합 신문으로서 조선 통감부와 친일 내각을 신랄히 규탄해 국민의 지지를 받았으나 심각한 경영난을 타개하지 못하고 창간 1년 만인 1907년 6월 29일, 제293호인 종간호를 내고 문을 닫았다.

이종일은 《만세보》를 계기로 천도교와 더욱 가까워졌다. 그는 1907년 9월 23일 국문연구소 연구위원으로 선임되었다. 위원장은 윤치오(尹致旿), 위원은 이종일과 장원석, 여운적, 이승화, 주시경 등이었다. 을사늑약으로 대한제국의 국권이 일제 손아귀에 넘어간 상태에서 학부(學部)의 국문연구소에 몸을 담았다는 것은 그가 살아온 행적이나 이후의 처신으로 보면 의문이 가는 대목이다. 하지만 한글학자 주시경 등 함께한 이들을 보면 친일 어용이라기보다는 국문(한글)이라도 지켜야 한다는 단심 때문이 아니었을까 싶다.

그가 국문연구소 연구위원으로 재임한 기간은 2년 정도였다. 그는 국문연구위원을 맡게 되자 곧바로 사임 의사를 밝혔지만 받아들여지지 않았다. 그가 사임하려 했던 이유는 정확히 알려지지 않았다. 다만 1913년 자신의 저서 《언문의해》에 "국문의 보관(報官)에 여러 성상 종사한 적이 있다."라며 스스로 국문연구위원으로 재임한 적이 있다고 밝혔다.[16]

1907년 11월 10일 대한자강회의 후신으로 대한협회가 발족했다. 회장은 남궁억이, 부회장은 오세창이, 총무는 윤효정이 맡았으며, 평의원으로는 권동진, 장지연, 유근, 정교 등 사회 명사들이 망라되었다. 이종일은 평의원으로 참여해 기관지 《대한협회회보》의 발행인 겸 편집인으로 활동했다.

대한협회는 '강령'에서 1. 교육의 보급 2. 산업의 개발 3. 생명·재산의 보호 4. 행정제도의 개선 5. 관민 폐습의 교정 6. 근면·저축의 실행 7. 권리, 의무, 책임, 복종 사상의 고취를 내세웠고, 이어서 "대한협회는 국가의 비운을 구하고 인민을 행복하게 하기 위해서는 실력을 길러야 하고, 실력을 기르는 길은 정치, 교육 산업을 연구하고 발달하게 하는 것이며, 이를 이루려는 것이 그 취지"임을 밝혔다.

1910년 9월 해산될 때까지 대한협회는 전국에 지회 37개, 회원 5천여 명●이었다. 이종일이 주관한 회보는 1908년 4월 창간한 이래 1909

● 출처: 한국민족문화대백과사전. 다만 일부 논문에는 지회 104개, 회원 5만여 명에 달한다는 기록도 있다.

년 3월 통권 25호로 종간할 때까지 주로 민족주의자들의 글을 실었다. 특히 창간호에 실린 단재 신채호의 〈대한의 희망〉은 사회에 큰 관심을 불러일으켰다.

이종일의 국문(한글) 사랑은 남달랐다. 《대한협회회보》 제2호(1908년 5월 25일 자) 〈논국문(論國文)〉에서 국문 진흥을 강조했다. 한문만을 진서로 생각하고 외국 문자는 문자가 아니며, 국문은 부녀자나 아이들이나 배울 문자라고 천시하는 사회 풍조를 개탄하면서 우리글의 중요성을 역설했다.

나라는 망했으나

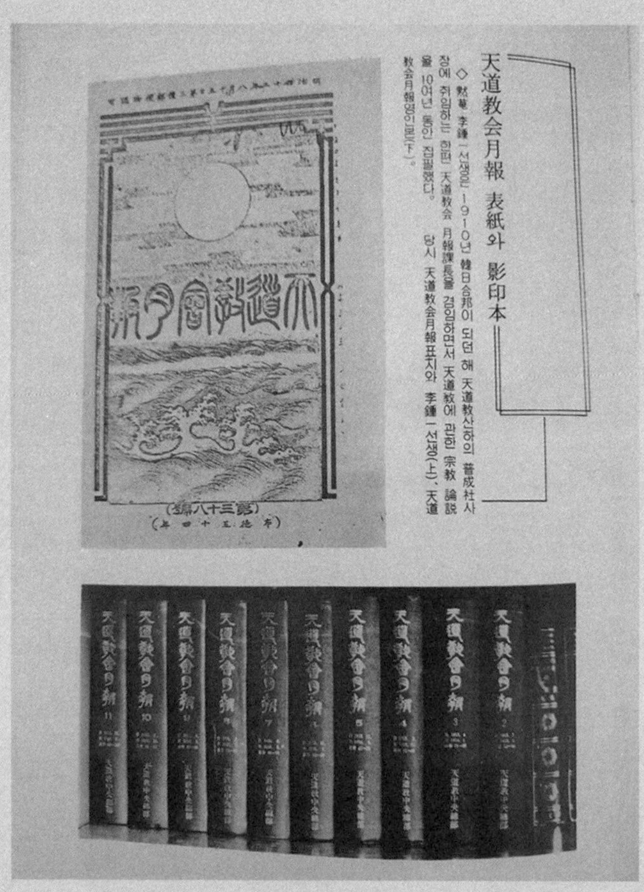

천도교회월보(묵암이종일선생기념사업회)

—

천도교 기관지의 책임 맡아

1910년은 이종일의 생애에서 큰 전환점이었다. 사실 이 해는 선생뿐만 아니라 한국인, 한민족사에서 비극과 통한의 해였다. 나라가 망해 식민지가 되고 백성들은 노예로 전락했다.

그는 8월 15일 《천도교회월보》의 과장이 되었다. 《만세보》 창간에 참여함으로써 천도교와 내밀한 관계를 맺은 덕분이었다. 천도교 교주 손병희가 국치에 대비해 8월 15일 기관지 《천도교회월보》를 창간하면서, 그동안 지켜보았던 이종일을 영입해 발행 책임을 맡겼던 것이다.

천도교 신도와 일반 백성이 읽기 쉽도록 순한글로 제작된 《천도교회월보》는 교리부, 학술부, 기예부(技藝部), 물가부(物價部) 등으로 나누어 편집한 것은 천도교 기관지만이 아닌, 민중 계몽과 민족문화 수호와 발전에 이바지하려는 의도였다.

창간호의 학술부에는 지리, 역사, 물리화학, 경제, 농업 등에 관한 기사와 논설을 싣고 특히 〈동사개론(東史槪論)〉이라는 제목으로 한국 사 개론을 실었다. 그러나 창간 1주일 뒤에 나라가 병탄을 당하게 되면서 제2호부터 한국사는 더 이상 이어지지 못했다. 학술부 지면은 점차 좁아지다가 제24호를 끝으로 완전히 사라졌다. 일제의 탄압 때문이었다.

《천도교회월보》는 국치 이후 압박이 심해지면서 여러 차례 발매 금지, 압수 등을 당하고, 논설이 삭제되기도 했다. 그 대신 천도교 교리 해설을 비롯해 단편소설 등에 지면을 늘렸다. 통권 제12호부터는 언문부를 새로이 마련해 교리, 교사 교양과 더불어 다양한 문학 작품을 소개했다.

《만세보》와 《천도교회월보》는 손병희의 각별한 언론에 대한 인식에서 출발했다. 국민 계몽과 민족문화 창달, 그리고 천도교의 교리 해설 등을 목적으로 태어난 《천도교회월보》는 일제 치하에서 힘들게 명맥을 유지하다가, 1937년 중일전쟁으로 전시 체제가 강화되고 1938년 2월 '무인멸왜기도운동(戊寅滅倭祈禱運動)'의 여파로 같은 해 6월 통권 제296호를 마지막으로 폐간되었다.

당시 민족운동을 연구하는 한 논문에 따르면, 《천도교회월보》는 압수, 발행 정지 등 일제 당국의 숱한 간섭과 탄압 속에서도 1910년대 내내 꾸준히 발간되었고, 천도교의 종교 계몽운동 역시 이 같은 지속성을 통해 상당한 결실을 거둘 수 있었다고 한다. 《천도교회월보》는 산간벽지의 천도교인들이 교주 손병희는 물론이고 다른 지방에 살고 있는 천도교인을 만나고 그들의 소식을 들을 수 있게 해 주었고, '문명의 이기'와 접할 수 있는 교류의 장이 되어 주었다. 《천도교회월보》는 출판의 자유마저 박탈당한 암울한 현실에서 천도교인들에게 제공되는 유일한 지적 자산이었기에 그들의 세계관이나 역사 인식, 사회 인식, 민족의식에 미친 영향은 상당했다.[1]

종교 잡지였지만 천도교의 교리 연구와 선교의 목적 외에 민중 계몽에도 많은 지면을 할애했다. 이종일은 '월보'의 과장으로 입사했으나 곧 천도교 직할인 보성사 사장에 취임했고, 월보의 책임을 맡아 제작하는 7년 동안 매호에 논설과 각종 기사를 썼다.

그는 여기서도 순한글로 월보를 제작하고 다른 필자들에게도 이를 권유함으로써 월보는 도인들뿐만 아니라 일반 대중에게도 널리 읽혔다. 이종일은 월보 제11호부터 41호까지 3년 동안 '본교역사'라는 제목으로 천도교 역사를 연재했다. 중고산인(中皐散人)이란 필명으로 역술한 것이었다. 동학 창도자 최제우의 《동경대전》은 제30호부터 39호까지 역술했다. 또 천도교의 중요한 교리가 담긴 〈대종발원설(大宗發源說)〉과 〈삼사요지(三寺要旨)〉를 국문으로 번역해서 실었다. 그리고 월보에 언문부를 별도로 마련해 언문(한글) 연구와 활용에 중심이 되도록 했다.

6장 나라는 망했으나

묵암이 천도교 교리와 역사를 순수한 한글로 서술한 것에는 몇 가지 의의가 있다. 우선 묵암 자신이 천도교의 교리와 역사를 쉬운 우리말로 새겨서 이해했기 때문에 그만큼 천도교와 더욱 친밀해졌을 것이다. 그 당시의 토를 단 한문체 문장은 뜻이 막연한 상투어로 쓰여 있어서 민족종교를 이해시키기에는 너무 추상적이고 엉성했다. 예컨대 천도교 신앙의 대상을 '천(天)'이라고 표현했다면 '한울님'이라고 표현하는 것보다 막연하고 서먹했을 것이다.[2]

이종일은 천도교의 가장 중요한 문헌인 《동경대전》을 우리말로 번역할 만큼 천도교에 대한 믿음과 애정이 깊었다. 그는 사회운동 초기에 실학과 함께 동학을 종교로 받아들이기보다 구국 이념으로 수용했다. 나라가 점차 위기에 빠지고 일제에 침탈당하면서 국권 회복의 이데올로기로, 신앙으로 승화시켰다.

손병희가 오랜 일본 망명 생활 끝에 귀국할 때 그는 《제국신문》에 '손병희 씨 귀국에 몇 마디 소견'을 썼다. 온갖 억측이 난무하던 때였다.

> 우리가 알기로는 손병희 씨의 국가 독립사상이 다른 사람보다 몇 배 투철할뿐더러 평생 남에게 의지하려는 의타심이 조금도 없고 그의 자주독립을 향한 굳은 의지는 비록 만승천자의 위엄으로도 꺾지 못한다.

손 씨는 단군은 우리나라에서 생장했기 때문에 숭상해야 하지만 기자(箕子)는 본래 중원 사람이므로 우리가 존중할 사람이 못 된다고 하였다. 종교관에서도 동학은 우리나라에서 생겨난 교(敎)이니만큼 우리가 당연히 존중해야 하지만 다른 종교들은 모두 외국에서 전래한 종교이기 때문에 아무리 좋은 교리라 해도 다른 나라의 종교를 신봉하는 것은 결국 우리나라의 독립을 해롭게 할 것이므로 가급적 다른 나라 교는 신봉해서는 안 된다고 했다니 이런 언행만 보더라도 속세의 굳은 뜻이 가히 어디에 있는가를 짐작할 수 있는 것이다.[3]•

● 손병희는 1919년 3·1혁명 당시 기독교계·불교계 대표들과 함께 독립선언을 하는 등 타 종교에 배타적이지는 않았다.

6장 나라는 망했으나

—

동학, 그리고 손 교주와의 도타운 인연

이종일은 오래전부터 손병희와 연고가 있었다. 시대정신과 구국 이념이 서로 일치했다. 그리고 젊은 시절부터 동학에 깊은 관심을 가졌다. 《묵암 비망록》에서도 그런 관심을 확인할 수 있다.

1898년 1월 31일

동학이란 무엇인가? 민중의 종교로 또 내국의 여러 가지 일들을 개혁하려 하는 것으로 갑오의 동학운동이 바로 이것인 것이다. 나는 손병희 교주를 찾아가 갑오년 동학당에 관한 이야기를 들었는데, 그분의 풍모는 눈빛이 햇빛처럼 반짝이면서 동안으로 역시 평온한 기상이었다.

1898년 3월 6일

동학도가 여전히 교조의 신원을 주장하고 있는데 이것은 당연히 해결되어야 하며 동학도의 사기가 높아야 한다. 나도 동학의 교리에 호감을 갖고 있으며 또 수운과 해월을 숭배하는 바이다.

1898년 3월 15일

손병희 교주와 상면하여 환담했는데 동학도들의 민권운동에 참가할 것을 충고했더니 손 교주가 말하기를 '나도 또한 동감하는 시기이나 마음의 괴로움만 점점 더해 간다.'라고 하였다.

1898년 3월 19일

손병희 교주와 동학운동 방향에 대해 논의했다. 손 교주께서 말하기를 '동학은 바로 애국 종교임이 분명하다. 그런데도 몰이해한 정부는 더한층 마음의 고통을 주니 옥파께서 협조하고 응원해 주겠는가?' 하였다. 내가 말하기를 '손 교주의 심중을 잘 알겠으며 나도 또한 동학도의 활동에 협조하겠노라.' 하니 손 교주는 '대단히 기쁘다'고 말하면서 내 손을 잡고 한참 동안 흔들다가 작별했다.

1898년 4월 9일

손병희 교주 댁을 방문했더니 나의 방문을 환영하며 손을 잡고 흔

    6장 나라는 망했으나

들었다. 서재로 들어가 손 교주가 말하기를 '우리들 동학운동의 가
장 큰 길은 민중 국가의 건설을 구현시키고 동양 평화를 달성하는
것이다. 그러나 반대 세력이 많은 까닭에 마음은 괴롭고 더욱 압박
을 느낀다. 옥파를 우리 동학당에 맞아들이고 싶은데 어떠한가?'
하였다. 내가 말하기를 '좋고 말구요' 그리고 나서 나는 '신문 창간
에 협조함으로 해서 언론 창달을 원조하여 달라. 그리하면 더한층
동학운동을 보필하게 될 것이다.' 하니 손 교주가 말하기를 '나의
의견도 또한 마찬가지다.' 하고 함께 술을 마시다가 집으로 돌아왔
다. 교주의 풍모는 역시 선풍도골의 기상이었다.

1898년 5월 3일

동학 손 교주와 상면했는데 기골이 장대한 모습이 장차 무언가를
계획해 낼 만했다. 손 교주가 말하기를 오늘 이 시점에서 세상을 구
제하는 방법은 동학의 정신으로 백성을 구제해야 한다고 말했다.

1899년 1월 2일

손의암(孫義菴)이 본사로 찾아와서 동학군의 활동 상황에 대해서
함께 환담하였다. 내가 '이는 실로 보국(輔國)을 위하여 약동하는
추세이다'라 하자, 손의암이 '옥파의 고견에 실로 감개무량하다. 더
구나 동학군의 활동을 깊이 이해하여 주니 이는 바로 나라를 위하

여 민중을 사랑하는 충정이다'라 하였다. 담화를 마치고 손의암이
떠났다.

1899년 3월 28일

손병희와 사장실에서 동학에 관하여 상담하였는데 손병희가 '해
월(海月)이 교수형을 당한 이후 교세가 더욱 증가하고 확장하는데
지도할 만한 마땅한 인물이 없으니 원하건대 옥파가 동학에 입교
한다면 나라를 위하는 일의 전망이 좋아질 것이다'라 하였다. 나는
'의암의 길을 알고 있고 또 동학의 교리를 충분히 알고 있다'라 하
였다. 얼마간 이야기하다가 돌아갔다.

이종일은 신문사를 창간해서 경영하면서 나라에 큰 사건이 일어
났을 때마다 손병희를 찾아 의견을 나누었다. 그는 이미 동학에 심취
해 있었고, 손 교주는 동지 또는 후학으로 그를 격려하며 지켜보았다.
《제국신문》이 문을 닫고 국권이 막바지로 치달을 때《천도교회월보》
의 창간 업무를 그에게 맡긴 것이나, 이후 천도구국단 창설과 〈독립선
언서〉 인쇄라는 막중한 책임을 맡긴 것 모두 두 사람이 그만큼 돈독
한 신뢰 관계가 있었기에 가능한 일이었다.

—

천도교, 종교단체여서 해체 면해

이종일이 국치의 통한을 안고 동학의 후신 천도교에 입신한 것은 현명한 처신이었다. 무엇보다 글을 쓸 수 있는 공간이 확보된 것이었다. 일제는 대한제국 시대의 모든 단체를 해체시켰다. 심지어 일급 매국 단체 일진회조차 조직이 너무 방대하다는 이유로 거액의 은사금을 주고 해체당했다. 그런데 국치 전후에 가장 강력한 민족 세력이었던 천도교만은 종교단체였기 때문에 해산을 면할 수 있었다. 아무리 제국주의 침략 국가라도 종교단체까지 해체하기란 쉽지 않았을 것이다. 일제가 국제사회의 여론을 의식한 덕분이었다. 손병희와 이종일은 이 점을 역이용하여 《천도교회월보》를 국치 직전에 등록함으로써 언론 매체를 확보했던 것이다.

《천도교회월보》는 발매 금지, 압수, 발행 정지 등 일제 당국의 간섭과 탄압에도 불구하고 1910년대 내내 꾸준히 발간되었다. 천도교의 종교계몽운동 역시 이러한 지속성을 통해 상당한 결실을 거둘 수 있었다. 《천도교회월보》는 산간벽지의 천도교인들이 교주 손병희를, 다른 지방에 살고 있는 천도교인을, 그리고 '문명의 이기'를 접할 수 있는 교류의 장 역할을 했다. 《천도교회월보》는 출판의 자유마저 박탈당한 암울한 현실에서 천도교인들에게 제공된 유일한 지적 자산이었으므로 그들의 세계관·역사인식·사회인식·민족의식에 미친 영향은 상당한 것이었다.[4]

한반도의 새 권력기관이 된 조선총독부는 해체 대신 통제를 강화해 각급 종교단체들을 장악하려 했다. 유교계는 최고기관 경학원(經學院)의 대표인 대제학을 조선 총독이 직접 임명함으로써 장악하고, 불교계는 사찰령과 본말사법(本末寺法)을 제정해 '30본산 체제'를 마련함으로써 총독부 직할 체제로 편입시켰다.

문제는 천도교였다. 일제(총독부)가 보기에 천도교는 어김없이 종교를 빙자한 정치 결사단체였다. 천도교는 동학혁명을 일으켰던 집단이고, 그 수장의 하나는 북접의 최고 책임자 손병희였다. 어느 면으로 보나 천도교가 순수 종교단체로 보일 리 없었다. 게다가 국치 직후인 9월에는 《천도교회월보》의 주간인 이교홍과 간부 김완규 등 4명이 병탄에 반대하는 격렬한 편지를 각국 영사에게 보내서 조선의 독립을 요청하는 사건이 발생했다. 이 사건으로 천도교 간부 여러 명이 경무

6장 나라는 망했으나

총감부에 구속되었다가 심한 문초를 받고 풀려났다. 이를 계기로 총독부의 천도교에 대한 적대적인 인식은 더욱 심해졌다.

일제는 1911년 천도교의 재원인 '성미제'를 폐지했다. 자금줄을 끊어서 고사시키려는 술책이었다. 그리고 데라우치 총독이 직접 손병희를 관저로 불러 천도교가 민족주의 사상을 버리고 순수 종교 활동만 하라고 경고했다.[5]

총독부는 손병희와 천도교를 탄압하는 데 수단 방법을 가리지 않았다. 기관지 《매일신보》를 통해 손병희를 '최면술사', '일대괴물', '과대망상에 걸린 정신병자', '사이비 교주' 등 온갖 음해를 퍼부으며 비방했다. 지방의 신도들을 손병희와 천도교에서 갈라놓기 위한 술책이었다.

이 시기에 자행된 조선총독부의 천도교 탄압에 관해서는 백암 박은식의 기록에서도 드러난다. 그들은 천도교가 종교단체인 것을 부인하며 날마다 경찰을 파견해 중앙총부와 각지의 교구를 감시했으며, 달마다 재무·회계 장부를 보고하게 했고, 없는 흠을 억지로 찾아내어 징벌 폭탄을 퍼부었다. 게다가 교회의 중요 인물들은 날마다 그들의 정찰과 속박을 받았으며, 지방 교도들의 예사로운 출입에도 구금 조치를 해서 노예나 가축에게나 할 만한 대우를 했다. 교인이 비교인(非敎人)과 소송하는 일이 생겼을 때는 옳고 그름을 따지지도 않고 무조

건 교인을 패소시켰다.[6]

　손병희가 이끄는 천도교의 역량은 국권피탈 후에야 나타났다. 예상 외로 신도 수가 급증한 것이었다. 나라가 망하고 세상이 뒤바뀌면서 기존 가치와 질서가 무너졌을 때, 다수의 국민이 천도교를 찾았기 때문이다. 매국 단체 일진회가 해산당하면서 회원들이 이제까지 저질러 온 잘못을 깨우치고 천도교로 회심하면서 신도 수의 증가세는 더욱 두드러졌다. 이종일은 공동묘지처럼 암울해진 한반도에 이 같은 현상이 나타난 것에서 한 줄기 빛을 찾으며 글을 쓰고 동학정신을 일깨웠다.

일제의 '작위' 거절

제국주의 국가나 독재자는 한 손에는 칼을, 다른 손에는 당근을 들고 반대자나 비판자를 처리한다. 권력이라는 칼로 죽이고 감투나 돈으로 매수한다. 일제도 다르지 않았다. 대한제국을 강점한 일제는 《대한매일신보》의 '대한'을 빼고 《매일신보》로 바꾸어 총독부 기관지로 삼는 등 언론기관을 말살했고, 이완용 암살 미수 사건의 이재명을 사형시키고, 서북학회를 비롯해 각종 학술 단체를 폐쇄하고, 신민회를 해체하는 등 광란의 칼을 휘둘렀다.

한편으로는 1910년 10월 7일 '조선귀족령'을 공포해 병탄에 공이 있는 자나 왕족과 구한국의 대신이나 고위 관료 등 76명(4명 반납)에게 후작, 백작, 자작, 남작 등의 작위를 주었고, 전국의 유생 수천 명에게는 거액의 은사금을 살포했다. 민심을 달래고 여론을 회유하며, 반일주의자들을 장차 친일파로 활용하기 위해서였다.

이종일에게도 미끼가 던져졌다. 그러나 그는 "나도 작위 수여를 교섭받았으나 병을 이유로 나가지 않았다."[7]라고 하며, 한때 스승처럼 여겼던 이의 훼절에 개탄했다.

> "김윤식 같은 사람이 중추원 부의장에 임명되었다는 놀라운 사실에 고개가 갸우뚱할 뿐이다. 이럴 때일수록 민중에게 독립정신을 고취시켜야 한다. 그 방법을《천도교회월보》를 통해 전달할 수밖에 없다."[8]

옥파는 나라를 도적질해 간 그들로부터 작위를 주겠다는 말이 나온 것부터가 구역질 날 일이라며 일축했다. 그에게 보기 좋게 거절당했지만 일본 정부가 만만하게 후퇴할 리 없었다. 그들은 이 손 저 손을 써가면서 옥파에게 작위를 받으라고 끈질기게 교섭해 왔다. 그러나 제 나라의 관직인 중추원 의관까지 팽개쳐 버린 옥파가 '그렇습니까, 고맙습니다' 하고 넙죽 작위를 받을 인물이 아니었다. 부대끼다 못해 옥파가 병을 핑계로 그들의 수작에 거절 의사를 밝히자, 일본 정부는 이 작위를 받지 않으면 일본의 천황을 모독한 불경죄를 적용할 작정이며, 재미없을 줄 알라는 등 공갈 협박을 해왔다. 그러나 옥파는 그같이 불순한 제안을 끝끝내 거절했다. 당시 이러한 소식이 널리 퍼져

6장 나라는 망했으나

나가자, 벼슬길이나 명예를 좇아 미친 듯이 날뛰던 선비 사회는 물론이고 관직을 차지하고 있던 일부 인사들과 시정잡배들까지도 혀를 끌끌 차면서 옥파의 행동을 안타까워했다. 하지만 이 같은 사람들의 반응을 전해 들은 옥파는 감투라면 오뉴월 왕파리 떼같이 달려들던 이들을 오히려 불쌍히 여겼다.[9]

어둡고 어지러운 시대였다. 순절하는 지사, 해외로 망명하는 지사도 많았지만 변절자도 많았다. 이종일은 어떻게든 살아남아서 동포들과 고통을 함께하며 기회를 살피기로 했다. 때마침 미국 대통령 루스벨트가 내셔널리즘을 주장했다. 이종일은 이 기회를 놓치지 않았다.

천도교 동지 홍병기, 이종린, 박경선, 장효근 등과 내셔널리즘 즉 민족주의 운동을 협의했다. 모두들 무슨 소리냐고 의아해했다. 나는 "민족주의는 그 나라의 전통을 훼손치 않게 보존하려는 정치적 충성심의 발로"라고 설명하였다. 조용히 듣고 있던 이들의 얼굴에 혈색이 도는 것 같았다. 박명선은 "지금 그런 것을 실현한다면 당장 일본 순사에게 체포되어 갈 것 아니오"라고 했다.

이에 나는 "아니 지금이 어느 때인데 그냥 놓아두겠소. 물론 우리는 죽음을 각오하여야 할 것이오. 나라를 위하는 일에 어찌 개인의 생명을 돌보는 데 시간을 허비하겠소." 하니 장효근, 홍병기 등은 "옳은 말씀이오, 옥파 선생의 계획에 따릅시다." 하였다. 그러나 얼른 결론을 내리지 못하고 말았다. 역시 민족주의 운동은 힘든 것이 아닐까 한다.

그래도 중단 없이 전진해야 할 것이다. 예전의 실학운동이나 그 사상을 행하고 전파할 때도 지금과 같이 어려웠으리라 짐작된다. 실학운동의 재현으로 오늘날에는 개화운동과 함께 독립운동을 일으켜 빼앗긴 나라를 기어이 되찾아야 한다.[10]

—

손병희의 신뢰로 구성된 비밀 조직

큰일을 하려면 지도자를 잘 만나야 한다. 중국의 명말 청초 반주자학을 주장한 사상가 이탁오(李卓吾)는 "벗하지 못하면 스승으로 삼지 말고 스승이 못 되면 벗 삼지 말라."라고 했다.

동학에서 최제우와 최시형, 최시형과 손병희의 관계가 그랬다. 손병희는 이종일을 무척 아끼고 신뢰했으며, 이종일은 시종 손병희를 손성사라 호칭하며 존중했다.

도타운 두 사람의 인격과 신뢰가 쌓이면서 천도교에서 몇 가지 비밀 지하 조직이 구성되었고, 뒷날 이를 바탕으로 거국적인 민족운동으로 확대되었다. 이종일의《묵암 비망록》을 중심으로 그 당시 사정을 추적해 보자.

1911년 1월 16일

아침에 성사(손병희)를 찾아뵙고 "갑오동학운동(1894)과 갑진개화신생활운동(1904)의 정신을 오늘에 되살려 우리 천도교가 선도가 되어 또다시 거국 거족적인 민족주의 민중시위운동을 일으켜서 일본의 불법적 침략을 타도하고 우리도 당당히 완전 독립 국가로서의 면모를 갖추어야 할 것"이라고 건의하였다. 손 성사와는 이미 독립협회에 가담 활동할 때부터 안면이 있어 그의 권유로 천도교에 입교하였기에 자별한 사이이고 또 비밀 문제도 허심탄회하게 진언할 수 있을 만큼 절친했기 때문이다. 이에 관해 손 성사는 묵묵히 깊은 상념에 빠져 있는 듯 얼른 대답하지 않았다. 나는 다시 만날 것을 기약하고 헤어졌다.

손 의암의 신중론에 애가 탄다.

1911년 1월 31일

다시 손 성사를 만나다. 민족을 이끌고 독립시위운동의 선봉에 설 것을 권유하면서 왕년의 동학군 지휘 열의와 능력을 발휘함이 어떠냐고 전언하였더니 그는

"지금은 사성이 달라 매우 위험하오. 과연 민중이 뒤따라 줄지가 문제일 것 같으오. 신중히 계획을 세워 봅시다." 하고 역시 신중론을 앞세우며 구체적인 언급을 회피하였다. 나도 속이 타고 안타깝

6장 나라는 망했으나

다. 우리는 이대로 일본의 지배 속에서 나라 찾기 운동을 포기해야 할 것인가. 합병 이전에 독립운동하던 인사들이 지하적 양상을 띠고 비상하게 움직인다고 들었다. 지난 초순 안명근 지사의 피체●가 독립운동에 마음을 둔 사람들을 주저케 하는 것이 아닐까. 역시 망설임이 있음은 사람의 심정과 판단으로 수긍이 간다.

1911년 2월 10일

아직도 경향 각지에서는 의병장들이 구국 활동에 열중하고 있다. 그네들도 목숨을 내걸고 싸우는데 우리라고 못하겠느냐. 내 나이 50을 넘겼으니 오래 살았다. 그러니 한 가지 독립운동에 헌신한다면 성취되지 못할 것이 없을 것이다. 장효근과 유영석, 이종명 등 대한제국민력회 회원들이 또다시 모여 대대적인 민중시위운동을 협의하고 나에게 연락해 오기를 "자금 조달에 대해 좋은 결과를 알려 달라"고 한다. 이에 나는 손 성사를 찾아가 대한제국 민력 회원들의 구국적 운동 사실을 고하고 자금 지원을 요청하였다. 5백 원에 해당하는 성금을 희사받고 이를 그들에게 주다.

● 피체(被逮)란 형법에 따라 사람의 신체를 구속하여 행동의 자유를 빼앗는 '체포'와 같은 의미이지만, 저자는 일본의 공권력을 인정하지 않는다는 의지로 체포 대신 마지못해 붙잡혔다는 뜻의 '피체'라는 표현을 사용했다.

1911년 2월 25일

내 집 근처까지 일본인 순사가 미행하는 것 같았다. 무슨 '냄새'를 맡은 게 아닌지 모르겠다. 보성사를 기웃거리는 형사도 있는 것 같다. 아무튼 보성사에 출입하는 동지에게 각별한 단속을 지시했다.

보성사 사원들로 비밀 조직 결성.

1911년 4월 10일

우리의 민족운동은 많은 제약 때문에 겉으로는 비정치성을 띠고 계획을 추진해야만 감시를 피할 수 있을 것 같다. 이에 나는 나의 복안을 대한제국민력회 동지와 권동진, 오세창 그리고 최린 등에게 은밀히 전갈하여 대체적인 찬성을 얻었다.

1911년 5월 12일

손 성사와 점심을 같이 하면서 나의 계획을 진언하였더니 탁견이라고 말하면서 "묵암의 뜻은 이미 제국신문 창간 당시부터 잘 알고 있소. 그 과격성 그리고 용기 있는 실천력에는 나도 감동하오. 그러면 민중 시위 계획도 비정치성을 띠고 먼저 묵암 선에서 추진해 보시오. 나는 자금을 지원해 주겠으니."

나로서는 감동적이고 의욕적인 사실로 받아들이지 않을 수 없었다.

1911년 10월 10일

지난달에 신민회 인사들의 검거 선풍이 일어 우리들의 '사업(독립운동임)'이 주춤해지지 않을 수 없게 되었다. 거기에 안악[*] 인사들의 공판 등으로 인해 심리적 위축을 면키 어렵다. 이럴 때일수록 "우리는 비정치성을 표면에 내세우고 일을 시작해야 한다"는 장효근, 김홍규, 신영구 등 보성사 동지의 권유가 앞으로의 민중운동을 성공적으로 이끄는 데 유익한 방향이 될 것이다.

---

[*] 1910년 11월 안명근(安明根)이 서간도(西間島)에 무관학교를 설립하기 위한 자금을 모집하다가 황해도 신천 지방에서 관련 인사 160명과 함께 검거된 일명 '안악 사건'을 말함.

민족운동의 묘판

의암(義菴) 손병희(우리역사넷)

3·1운동 당시 민족대표 33인 가운데 한 명인 손병희(孫秉熙, 1861~1922)의 사진이다. 조카 손천민(孫天民)의 권유로 1882년 동학에 입문하였다. 1894년 동학농민혁명 때는 최시형(崔時亨)으로부터 북접(北接) 통령(統領)에 임명되어 전봉준(全琫準)과 함께 동학농민군을 이끌었다. 1897년 최시형의 뒤를 이어 동학 3대 교주가 되었다. 1904년에는 갑진개화운동을 이끌었고, 1905년에는 일진회(一進會)에 출교 처리하고, 동학을 천도교(天道敎)로 탈바꿈하였다. 3·1운동 때는 민족대표로서 천도교계를 이끌기도 하였다. 그는 옥고를 치르다가 뇌출혈로 가출옥하였으나, 1922년 5월 19일 생을 마감하였다.

민족문화수호운동본부 결성

나라 잃은 식민지 지식인들에게 민족주의(내셔널리즘)는 정신적 활력소가 되었다. 민족의식이 강렬했던 이종일에게는 더욱 그랬다. 그는 실학사상과 동학사상의 바탕에 민족주의의 씨앗을 뿌려 독립사상으로 활용하려고 했다.

중국에서는 1911년 10월 신해혁명이 이루어져 청조가 타도되고 1912년 1월 중화민국이 건국되었다. 민족주의가 그 이념의 핵심으로 작용했다고 한다.

이종일은 1912년 측근들에게 경기도 지방의 농어민과 서해안 일대 어민들의 실태를 조사하게 했다. 일종의 여론 조사였다. 8할 이상의 주민들이 반일 감정이 충만한 것으로 조사되었다. 백성들은 일제의 강점과 식민통치를 절대 받아들이지 않았다.

그는 이를 바탕으로 1912년 봄, 손병희, 권동진, 오세창, 최린 등 천도교 지도부의 후원 아래 보성사 사원 60여 명과 자신이 조직했던 대한제국민력회 회원들을 중심으로 '범국민신생활운동본부'를 결성했다. 일제의 눈을 피하고자 '신생활'을 모토로 내세웠지만 항일 독립운동을 위한 비밀결사 조직이었다. 이 운동은 이른바 신생활운동이라는 비정치 국민집회를 표방했으나, 실은 독립운동의 일환이었다. 그는 1912년 7월 15일을 거사일로 정하고 직접 국민 집회의 취지문, 건의문, 행동강령의 초안을 잡아 김홍규에게 정리하도록 했다. 그러나 아쉽게도 일제에 발각되어 실패로 돌아갔고, 그는 종로경찰서에 연행되어 문초를 받았다. 이종일은 이 회합이 결코 정치적 모임이 아니고 생활을 개선하기 위한 것이었다고 항변했으나, 일제는 당장 구속하겠다며 으름장을 놓았다. 결국 손병희가 직접 나서서 사태를 수습해 구속자는 한 명도 없었으나, 이종일은 이 목표를 달성하지 못한 것을 못내 아쉬워했다.[1]

그는 쉽게 주저앉는 인물이 아니었다.

중국에서는 1912년 8월 25일 쑨원(孫文) 주도로 중국국민당이 창당했다. 쑨원은 "공화(共和)를 공고히 함으로써 신해혁명은 전통 시대의 어떤 왕조 교체보다도 적은 파괴를 수반했으면서도 민족주의와 민권주의라는 두 가지 목표를 달성했다"라고 선언했다. 그리고 이제 남은 것은 세 번째 원칙, 즉 민생주의를 실현하는 것뿐이라고 말했다. 이종일이 꿈꾸어 온 이상과 크게 다르지 않았다. 그는 다시 국민 집회를 시도하기로 하고 교주 손병희와 상의했다. 그리고 새로운 조직을 결성할 준비에 나섰다.

중국에서는 정당 정치의 효시로서 국민당을 결성한 것이니 우리나라에서도 정치적 모임을 결성하는 것이 어떻겠는지 의암의 의견을 타진해 보았다. 그러나 의암은 입을 꾹 다물고 아무런 반응을 보이지 않았다. 옥파는 종교인으로 정치적 모임을 결성하는 것이 불가능하다면 또 다른 방법을 세워 보는 것이 어떻겠느냐고 재차 물었다. 호걸 풍모와 지도자상을 지닌 의암은 "옥파의 열렬한 애국심을 내 모르는 바 아니나 나의 민족운동 방법은 과거 동학군의 무장 행동이 일본에 의해 참패를 당했기 때문에 비폭력적이고 무저항적인 항쟁이 식민 통치 아래서는 오히려 희생을 줄이는 한 가지 방법이 아닐까 생각되오." 하고 대답했다.

옥파는 은근히 여론 조사를 해서 이미 운동 방향을 설정해 놓은 대로 "그렇다면 지식인들을 상대로 민족문화 수호를 위한 전통 유지 운동을 전개해 보면 어떻겠습니까?"라고 재차 물었다. 의암은 비로소 좋은 방법이라며 "옥파 동지가 세부 계획을 세워 보시오."라고 허락했다. 옥파는 의암으로부터 자금을 받은 다음 이 문제를 보성사 동지들과 협의하여 계획을 세웠다. 이때가 1912년 9월 24일이었다.[2]

　　　　　　　7장　민족운동의 묘판

의암으로부터 내락을 받은 그는 범국민적인 조직을 위해 기독교계
와 불교계 지도자들을 차례로 만나 협의했지만 쉽지 않았다. 당시는
일제 무단통치의 독기가 신민회 사건으로 많은 민족주의 인사들을 투
옥하고 사찰령을 공포해 불교를 총독부의 통제 아래 두고, 조선민사
령, 형사령, 태형령, 감옥령을 공포해 조선 사회를 온통 공포의 도가니
로 만들어 가던 시점이었다.

결국 천도교 단독으로 1912년 10월 '민족문화수호운동본부'를 결
성했다. 총재 손병희, 회장 이종일, 부회장 김홍규, 제1분과위원장 권
동진, 제2분과위원장 오세창, 제3분과위원장 이종훈 등으로 이루어진
체제였다. 본부는 보성사에 두고, 회원 100여 명이 모인 천도교 비밀,
지하 독립운동단체였다. 민족문화수호운동본부는 향후 활동을 위해
모금 운동을 비롯한 준비에 나섰다. 이종일은 무장투쟁을 계획했다.
그러나 손병희가 과거 동학혁명의 실패를 들어 신중히 할 것을 당부
했다. 이종일은 이를 안타깝게 여겨 포기하지 않고 은밀히 추진했다.

1914년 이종일은 동지들에게 '삼갑운동(三甲運動)'을 제시했다.
1914년이 갑인년이어서 간지(干支) 상으로 1894년의 갑오동학운동과
1904년의 갑진개화신생활운동(진보회 조직 등의 혁신적 개혁운동)에 이
어 다시 이를 계승하고 재현하는 민중운동을 이어가자는 것이었다.

1894년 동학도들이 반봉건·반외세 운동의 기치를 들었고, 1904년

역시 동학도들이 갑진개화신생활운동의 깃발을 들었듯이, 이제 천도교인들이 선대들의 정신을 계승하자는 뜻을 담은 것이었다. 삼갑운동은 천도교인들의 마음을 움직였다.

이와 관련해 그는 일기에 다음과 같이 썼다.

> 금년은 마침 갑인년(甲寅年)인데 우리의 당초 민중운동을 갑오 동학운동과 갑진 개화신생활운동의 재현을 목표로 삼았기 때문에 나는 이해의 민중운동봉기를 '삼갑운동'이라고 명명하고 싶다. 갑오와 갑진의 양차 운동이 경악할 정도로 크게 열기를 뿜었기 때문에 이해 갑인 민중운동도 전통적인 입장에서 볼 때 그만큼 성공률이 높지 않을까 하는 전망이다.
>
> 더욱이 금년에는 세계전쟁이 폭발하였기 때문에 어느 때보다 비상한 관심을 끌게 되는 것이다.[3]

7장　민족운동의 묘판

—

무장투쟁을 위한 천도구국단 조직

이종일의 여러 가지 민족운동 가운데 천도구국단(天道救國団)을 조직한 일은 괄목할 만한 업적에 속한다. 1914년 8월 천도교의 비밀결사 민족문화수호운동본부를 확대 발전시킨 이 단체는 향후 1919년 3·1 혁명으로 이어지는 수맥의 진원지 역할을 하게 된다.

본부를 보성사에 두고 명예총재는 손병희, 단장은 이종일이 맡았고, 총무 장효근, 섭외 신영구, 행동대장 박영신 등이 함께했으며, 회원 50여 명은 대부분 민족문화수호운동본부의 구성원들이었다.

그가 이 시기에 무장투쟁을 전제로 하는 천도구국단을 조직한 것은 변화하는 국제 정세를 활용하려는 의도였다. 1914년 7월 제1차 세계대전이 발발했고 일본은 독일에 선전포고를 했다. 천도구국단 섭외부의 신영구는 국제 정세를 면밀하게 분석해 손병희에게 일제가 패망할 것이라는 보고를 했고, 천도교 지도부는 천도구국단에 인적·물적 지원을 아끼지 않았다.

손병희는 동학혁명과 일본 망명, 천도교 창건 등 산전수전을 다 겪었기에 민중 봉기에 신중할 수밖에 없었다. 교단의 우두머리로서 느끼는 책임감도 따랐을 것이었다.

중국에서는 정당정치의 효시로서 국민당을 결성했으므로 우리 나라에도 정치적 모임을 결성하는 것이 어떻겠느냐는 것을 의암에게 타진해 보았다. 그러나 의암은 침묵만 취할 뿐 아무런 반응을 보이지 않았다.

옥파는 종교인으로 정치적 모임을 결성하는 것이 불가능하다면 또 다른 방법을 세워 보는 것이 어떻겠느냐고 재차 물었다. 호걸풍모와 지도자상을 지닌 의암은 "옥파의 열렬한 애국심을 내 모르는 바 아니나 나의 민족운동 방법은 과거 동학군의 무장 행동이 일본에 의해 참패를 당했기 때문에 비폭력적이고 무저항적인 항쟁이 식민통치 아래서는 오히려 희생을 줄이는 한 가지 방법이 아닐까 생각돼오."라고 대답했다.[4]

이종일은 지행합일의 인물이며 조직력과 집행력까지 두루 갖추었다. 손병희의 은밀한 허락을 받고, 천도교 지도층에게는 '삼갑운동'의 역사성을 이야기하며 설득했다. 마침내 천도교 보성사에 천도구국단이 조직되었다. 당시 일제의 치안유지법에는 항일비밀결사의 '수괴'

는 사형이나 무기징역 같은 극형에 처한다고 명시되어 있었다.

천도구국단의 결성 과정을 이종일의《묵암 비망록》을 통해 살펴보자.

1914년 8월 31일

보성사 내에 독립운동의 중추적 임무를 수행할 비밀결사로 '천도구국단'을 조직했다. 단장으로는 나를 뽑아 주었고 부단장에는 김홍규, 총무에는 장효근, 섭외에는 신영구, 행동대장에는 박영신이 각기 선임되었다. 금년은 마침 갑인년인데 우리의 당초 민중운동을 갑오동학운동과 갑진개화신생활운동의 재현으로서 목표를 삼았기 때문에 나는 이 해의 민중운동 봉기를 '3갑운동'*이라고 명명하고 싶다. 갑오와 갑진의 양차 운동이 경악할 정도로 크게 열기를 뿜었었기 때문에 이 해 갑인민중운동도 전통적인 입장에서 볼 때 그만큼 성공률이 높지 않을까 싶은 전망이다. 더욱이 금년에는 세계전쟁이 폭발되었기 때문에 어느 때보다 비상한 관심을 끌게 되는 것이다.

* 삼갑운동(三甲運動): 1914년 갑인년을 맞아 갑오년(1894)의 동학농민운동과 갑진년(1904) 손병희의 지시로 이루어졌던 천도교도들의 단발과 흑의(黑衣) 착용을 골자로 한 신생활개혁운동에 이은 또 다른 민중운동으로 이종일이 주장한 운동

1915년 1월 25일

아침 일찍이 상춘원에 체류 중인 손 성사를 찾아가서 "천도구국단(天道救國團)은 비록 소규모의 비밀독립운동단체로 그 본부를 보성사 내에 두었으나 우리의 독립을 위한 민중시위운동의 열망은 그 어떤 단체보다도 강하고 의욕적이다."라고 상세히 진언하였다. 마침 권동진·오세창도 나와 함께 갔고 장효근은 집 근처까지 같이 갔었다.

의암도 "원칙적으로는 찬성하나 천도구국단의 계획이나 인적 구성 문제 등을 볼 때는 미약한 듯하오."

이에 나는 "이 시기에 우리가 과거 두 번의 갑오·갑진 경험(민중운동)을 토대로 하여 민중운동을 일으키면 일본도 상당히 충격을 받고 독립에 대한 보장을 주거나 물러날 가능성도 없지 아니하니 민중 봉기를 실현시키기 위해 앞장서야 합니다." 하고 간청하였다. 결국 오늘의 회담은 결론을 얻지 못하고 말았으나 실현 가능성(독립운동)은 온존해 있는 것이다.

7장 민족운동의 묘판

민족사의 거화(巨火) 3·1혁명

진관사 태극기(국가유산청)
일장기 위에 그린 가장 오래된 태극기.
서울 은평구 진관사(津寬寺) 부속건물인 칠성각(七星閣)을 해체 복원하던 중
발견한 것으로, 국가지정문화재 보물(2142호)로 지정되었다.

국제 정세의 변동을 주시하며 거사 준비

당시 국제 정세는 크게 요동치고 있었다. 1914년 7월 28일 시작된 제 1차 세계대전이 1918년에 종전되면서 전승국과 패전국 사이에 강화회의가 열렸다. 일본은 중국에서의 이권 확대를 노리고 영일동맹을 내세워 독일에 선전포고했고, 연합국이 승리하면서 중국 산둥성에 대한 독일의 이권을 물려받았고, 남양군도의 위임통치령을 얻었다.

한편 러시아에서는 1917년 10월 혁명으로 레닌을 수반으로 하는 소비에트 사회주의 정권이 수립되었다. 소비에트 정부는 지주의 소유지를 국유화하고 은행·산업의 노동자 관리에 착수했으며, 단독으로 독일과의 강화를 맺고 평화 체제를 갖추었다. 리시아 신정부는 권내의 다민족을 포용한 채로 자결권을 승인하고, 민족자결 원칙을 제시하면서 식민국가의 민족해방투쟁을 지원한다고 발표했다.

미국 대통령 윌슨은 1918년 1월 의회에 〈14개 조 평화 원칙〉을 공표했다. 그 내용은 ①강화조약의 공개와 비밀 외교의 폐지 ②전시와 평시를 불문한 공해(公海)의 자유 보장 ③공정한 국제 통상의 확립 ④군비 축소 ⑤식민지 문제의 공정한 해결 ⑥프로이센으로부터의 철군과 러시아 정치 변화에 대한 불간섭 ⑦벨기에의 주권 회복 ⑧알자스·로렌의 프랑스 반환 ⑨이탈리아 국경의 민족자결 재조정 문제 ⑩오스트리아-헝가리 제국 내 여러 민족의 자결권 보장 ⑪발칸제국의 민족적 독립 보장 ⑫터키제국 지배하에 있는 여러 민족의 자치 ⑬폴란드의 재건 ⑭국제연맹의 창설 등이다.

각 민족은 그 정치적 운명을 스스로 결정할 권리를 가져야 하며 외부 간섭을 허용하지 않는다는 민족자결주의는 19세기 내셔널리즘의 고양과 함께 약소 민족의 자주독립 사상으로 널리 인식되었다.

제1차 세계 대전 결과 독일·터키·오스트리아 제국이 붕괴하고, 그 판도에 있었던 종속 민족들의 처리 문제가 국제 사회에서 시급한 현안으로 떠올랐다. 윌슨의 '14개 조 원칙'은 이 같은 상황에서 제기되었다.

손병희는 국권 회복의 방안으로 여섯 가지를 신중하게 고려하면서 측근들과 상의했다.

첫째는 무력 봉기다. 한때 천도교에서는 무기를 사들이는 등 준비를 했지만, 1894년 동학혁명의 좌절로 보아 실행이 어려웠다.

둘째는 대중 시위의 수단이다. 자칫 폭력시위가 전개되면 엄청난

국민들이 희생될 수 있으므로 배제되었다.

셋째는 외교 활동의 전개다. 국제 정세로 보나 헤이그 특사 파견의 좌절로 보나, 현실적으로 어렵다는 판단이었다.

넷째는 국민대회의 개최다. 각도 각계의 대표를 서울에 소집해서 조선독립대회[*]를 개최하고 선언문과 결의문을 채택한다. 가장 합법적인 방법이었지만 가장 실현성이 없고 실효성이 없다는 판단에서 결국 배제되었다.

다섯째는 독립청원서 제출이다. 그러나 이 방안은 일제로부터 냉담한 반응만 살 뿐 도리어 탄압만 더 강화될 소지가 있었다.

여섯째는 독립선언문의 발표다. 개인이나 단체 명의가 아닌 전 민족의 이름으로 쓰인 독립선언문을 가두와 기관 요로에 배포하고, 철시 단행, 기도회와 강연회 개최, 일본인 배척, 일화 배격의 무언 실행 등을 구상하였다.[1]

손병희는 이 여섯째 방안을 두고 이종일, 권동진, 오세창, 최린 등 측근들에게 구체적인 실행 방법을 연구, 검토하라고 지시했다. 이때가 1919년 1월 상순경이었다. 그 자리에서 손병희는 "장차 우리 눈앞에 전개될 시국은 참으로 중대하다. 우리들이 천재일우의 호기를

---

[*] 정식 명칭은 '국민대회', 조선 독립을 위한 '국민대회'를 말함.

무위무능하게 놓쳐 버릴 수는 없다."라고 말하고 "내 이미 정한 바 있으니 여러분은 더욱 분발하여 대사를 그릇됨이 없이 하라."라고 덧붙였다.

손병희는 거사를 앞두고 1919년 2월 28일 〈유시문(諭示文)〉을 통해 천도교 교조의 지위를 대도주 박인호에게 넘겼다.

대한민국 임시정부 기관지인 《독립신문》의 사장을 지낸 김승학이 해방 후 귀국해서 펴낸 《한국독립사》는 일제의 천도교 탄압 실상을 이렇게 기록했다.

> 왜적은 천도교를 소위 유사 종교단체라고 하면서 종교로 인정하지 않았고, 항상 경관을 파견해 중앙총부와 각지 교구를 감시했으며, 매월 재단 상황을 보고하게 하는 등 구속과 제압이 나날이 심해졌다. 사소한 일에도 징역을 선고하고 주요 간부의 일거수일투족을 모조리 정찰함으로써 교인들의 자유를 속박하고 일상적인 출입조차 통제하며 노예나 가축처럼 대우했다.
>
> 교인과 비교인 간에 소송이 제기되면 사안의 옳고 그름을 불문하고 교인을 패소하도록 했고, 일요일의 집회 강연 등에는 헌병 순사를 파견했으며, 강연 내용이 정치와 전혀 관계가 없는데도 으레 길에서 심문해서 자유를 억압했다. 수운 최제우, 해월 최시형, 의암 손병희 등 세 교주의 수도(受道) 기념일인 천일(天日), 지일(地日),

인일(人日)의 기념식에는 특히 경계와 감시가 엄중해서 교서 출판이나 월보 발행을 정지시키고 강습소까지 폐쇄해 버렸다.[6]

—

독립운동 기금 모으기

천도교는 총독부의 엄혹한 감시 속에서도 민족적인 거사를 앞두고 기금을 준비했다. 자금이 없으면 '운동'은 불가능하다. 특히 많은 사람을 동원하고 타 종교와의 협력을 위해서도 적지 않은 기금이 필요했다. 그동안 천도교는 어려운 여건에서도 국내외에서 이루어지는 독립운동에 적지 않은 돈을 지원해 왔다.

상하이에서 여운형이 김규식을 파리평화회의에 파견할 때 지원한 3만 원을 비롯해, 3·1혁명을 준비하는 과정에서 기독교 측에 전달한 5천 원 등 독립운동 자금의 '뒷돈'은 대부분 천도교의 몫이었다.

천도교는 독립운동 자금을 마련하기 위해 3·1혁명 전 해인 1918년 4월 4일 부구총회(部區總會)에서 중앙대교당과 중앙총부 건물을 신축하기로 결의했다. 이에 따라 각 연원을 통해 교호(敎戶)당 10원 이상의 건축 특성금을 교조 수운 최제우의 탄신기념일인 10월 28일까지 모금했다.

모금이 시작되자 총독부는 기부행위 금지법 위반이라는 이유로 한성은행에 예치되어 있던 3만 원, 상업은행에 있던 3만 원, 그리고 한일은행에 있던 6천6백 원 등 모두 6만 6천6백 원의 예금을 동결시켰다.

이런 일제의 방해에도 뜻을 굽히지 않고 많은 도인이 논밭과 황소 등을 팔아 성금을 냈다. 도인들은 일경의 감시를 피하려고 건축 성금을 되돌려 받은 것처럼 위장하거나 성금 액수를 10분의 1로 줄여 기장(記帳)하기도 했다. 이렇게 해서 약 1백만 원의 거액이 모아졌다. 그중 대교당과 중앙총부 청사 건축에 사용된 27만여 원을 제외한 성금 대부분이 3·1혁명을 비롯한 해외 독립운동 군자금으로 사용되었다. 총부는 이 성금으로 그해 가을 경운동 88번지 일대의 대지 1,824평을 매입해 교일 기념일(현도 기념일)인 12월 1일에 중앙대교당 기공식을 거행했다.

3·1혁명 당시 중앙대교당(제이위)

천도교 내부에서는 1918년 12월경부터 여러 차례 세계 정세를 논했다. 민족자결주의는 이제 세계적인 대세이며, 이미 폴란드는 국가 부흥을 선언했고, 체코슬로바키아 민족은 독립을 선언했으며, 그 밖에 다른 서양 국가들에서도 민족 독립운동이 활발하게 진행되고 있었다. 더욱이 이 운동들은 미국을 비롯한 열강의 원조나 승인을 얻고 있으니, 지금이 조선 독립을 기획하는 데 가장 좋은 기회라고 판단했다.

천도교 지도부는 구체적인 실행 방법으로 먼저 일본 정부, 귀족원, 중의원, 정당 수령, 조선 총독에게 국권 반환 청원서를 제출하기로 했다. 그런 다음 미국 대통령과 파리강화회의에는 항구적인 평화를 기초로 하는 신세계가 이제 막 건설되려는 오늘날, 유독 조선만 이 은혜에서 빠지고, 일본의 압박 정치하에 있다는 점을 호소하기로 했다. 그들의 양심에 의지해 국권 부흥을 위한 지원을 구하겠다는 방략이었다. 다른 한편으로는 천도교의 힘만으로는 세계 여러 강국에 조선 일반인의 의사 표시를 인정하게 하는 것이 불가하다는 인식을 같이함으로써 조선인들의 여론 환기에도 힘썼다.

그뿐만 아니라 외국과의 교섭 관계에서 보더라도 유력한 기독교 단체와 협력하고, 나아가 귀족과 고로(古老) 일부를 참여시킴으로써 소리 높여 대대적인 운동을 개시하면, 조선의 독립이 가능할 것이라고 믿었다.

장총 10여 정과 실탄 200발 준비

이종일이 무장 지하 단체인 천도구국단을 결성하던 무렵, 조선 사회는 총독부의 폭압 속에서도 간헐적이지만 항일의 불꽃이 나타났다. 1915년 1월 달성군에서 윤상태, 서상일 등이 조선국권회복단을 결성했고, 같은 해 7월 풍기의 광복단과 대구의 조선국권회복단 일부 인사가 연대해 대한광복회를 조직하고 투쟁에 나섰다.

1916년 8월 민족종교 대종교를 창도했던 나철이 구월산에서 일제의 학정을 비판하는 유서를 남기고 자결했고, 1917년 3월에는 경성고등보통학교 교사와 학생들이 비밀결사 조선산직장려회를 조직해 활동했다. 이들 단체의 관계자들은 오래지 않아 모두 검거되었다.

천도구국단은 두 갈래 목표를 세웠다. 무장봉기와 타 종교와의 연합을 통한 대중 동원으로 독립을 쟁취하겠다는 방침이었다. 무장봉기를 위해서는 무기가 필요했고 무기를 사들이려면 군자금이 필요했다. 일제는 천도교로 자금이 유입되는 것을 막으려고 전통적인 성미 제도를 봉쇄하는 등 탄압에 광분했으나 열정적인 동학의 맥락은 끊지 못했다.

보성사 사원들과 민력회 회원들에 의해 마침내 600여 원의 성금이 모였고, 비밀루트를 통해 장총 10여 정과 실탄 200발을 사들여 보성사 비밀창고에 은닉해 두었다. 기본적으로는 평화적인 시위를 하겠지만 일제가 폭력을 쓴다면 사생결단으로 무장 항쟁에 나설 수밖에 없는 상황을 대비한 것이었다.

이와 관련해 이종일의 《묵암 비망록》에는 이렇게 나온다.

1916년 4월 22일

영주 대동상점 관련자가 검사국에 송치되었고 이강래 등 군자금 모집원이 서울에서 체포되어 공포 분위기는 여전하다. 전쟁에서의 승리를 위해 국내의 통치를 더욱 가열화하는 것 같다. 우리는 감시를 피해 그동안 보성사 비밀창고에 일본식 장총 10여 정을 모을 수 있었고 실탄도 2백 발이나 은밀히 쌓아 두었으며 군자금도 6백여 원을 넘고 있다.

이제 10만 원 목표의 군자금과 무기 1백 정을 속히 손에 넣어야 한다. 우리는 처음에는 평화적이고 비폭력적인 시위를 해야 할 것이다. 손 의암의 주장을 따라야 하니까.

그러나 사세가 불리해질 경우, 사생결단하고 무장항쟁을 계속하여 갑오동학운동에서의 참패를 설치(雪恥)해야만 먼저 희생된 동덕들에게 면목이 서고 그들을 위로하는 하나의 방도도 될 것이다. 장효근이 와서는 의병의 부활이 없다면 국가는 따라서 망할 것이니 장차 분발하자고 한다. 그의 생각도 나와 비슷한 것같이 보인다.

1916년 9월 16일

장효근이 찾아오다. 그는 나에게 비분강개 조로 "반드시 천도교가 결단코 봉기해서 독립 만세를 절규해야 하는데 이게 나의 어리석은 생각일까요." 한다.

나의 가슴도 뭉클한다. 나는 손 성사와 의논해서 이제는 더 기다릴 수 없음을 그에게 말씀드리겠다고 달래 보내다. 역시 애국심이 강한 동덕임을 알 수가 있다.

이종일과 천도구국단 간부들은 기독교계와 불교계 지도자들을 찾아 범국민연합으로 봉기할 것을 제의했지만 대부분 시국의 엄중함을 들어 동조하지 않았다. 이종일은 남정철, 이종훈은 이상재를, 김홍규는 한규설을, 홍명기는 박영효를, 신영구는 윤용구를, 장효근은 김윤

     8장 민족사의 거화(巨火) 3·1 혁명

식을 찾아 협의했으나 이상재만이 찬성했을 뿐 모두 거절했다. 비록 이때의 종교계 연대투쟁은 성공하지 못했으나 얼마 뒤 부분적으로나마 기독교계와 불교계가 3·1혁명 대열에 함께하게 되었다.

이종일이 쓰려던 독립선언서, 최남선에게

천도교는 1918년 9월 6일 천도구국단을 중심으로 시민, 농어민, 상인, 노동자들을 모아 서울 대한문 앞에서의 시위를 준비했다. 그러나 원로 교섭 지연, 자금 부족, 민중 동원 미숙 등으로 지연되었다. 이 시위를 '무오독립시위운동'이라 일컬으며 선언문까지 준비했던 이종일로서는 여간 가슴 아픈 일이 아닐 수 없었다.

국제 사회의 큰 변화 추이를 주시한 것은 이종일이나 천도교 지도부만이 아니었다. 상하이에 있던 독립운동가들은 신한청년단을 결성해 파리에서 열린 세계평화회의에 김규식을 대표로 파견했고, 만주 길림에서는 11월 13일 중광단을 중심으로 각계의 대표급 독립운동가 39명의 명의로 〈대한독립선언서(무오독립선언서)〉를 발표했다.

《묵암 비망록》을 보면 이종일이 이 사실을 알고 있었던 것 같다.

1918년 11월 20일

"중광단원 39명이 오히려 우리보다 앞에서 무오대한독립선언서를
발표하겠다고 하니 우린 무얼 했느냐, 망설임으로 이같이 낭패지경
이 된 것이다."

그에게 '낭패지경'이라 할 만한 일은 하나 더 있었다. 해가 바뀐
1919년 2월 8일, 도쿄의 우리 유학생들이 독립을 선언한 것이었다. 이
것이 바로 '2·8독립선언'이다.

1919년 2월 10일

일본 동경에서 8일 독립선언이 있었다고 한다. 나는 이를 속히 손
의암에게 보고했더니 그는 "어린 학생들이 오히려 우리보다 월등
하구료. 묵암의 오래전부터의 민중시위운동을 속히 결단하지 못했
음이 민망할 뿐이오. 어서 거사 일자를 정합시다. 그동안 사람을 시
켜 기독교 측과 불교 측, 유림 측, 학생 측과 연결이 완료되었소."
나는 "2월 28일이 가장 좋은 듯합니다. 선언문도 육당과 제가 공
동으로 완료해 두었습니다. 이는 신명을 바쳐 내가 인쇄하겠습니
다." 만세운동은 파고다공원에서 다 모여 외치기로 하였다.

이종일은 역사적인 독립선언문을 자신이 짓고 싶어 초안을 마련했

다. 40세에 《제국신문》의 사장과 주필 등을 역임하며 많은 논설을 썼기에 그의 필력은 모자람이 없었다. 그러나 손병희는 이를 최남선에게 맡겼다. 최남선은 당대의 문장가로 문명을 날리고 있었다. 하지만 그는 독립선언서에는 서명하지 않았다. 학자로 남겠다는 이유였다. 일제의 탄압이 두려웠을 것이다. 그러고는 얼마 뒤 변절했다. 그는 해방 후 반민특위에 연행되어 "민족의 일원으로서 반민족의 지목을 받음은 종세에 씻기 어려운 치욕"이라고 자기 스스로 언급했을 만큼 치욕의 생을 살았다. 〈2·8독립선언서〉를 집필한 이광수 역시 변절해서 타락의 삶을 살았다.

그저 가정일 뿐이지만, 그때 최남선이 아닌 이종일의 선언문이 채택되었다면 지금까지도 3·1절 기념식에서 변절자가 쓴 선언문을 읽고 듣는 아픔은 없었을 것이다. 불교계 대표로 3·1혁명에 참여한 만해 한용운은 〈독립선언서〉를 읽고, 민족대표로서 서명을 거부한 사람의 글을 선언문으로 채택할 수 없다면서 자신이 새로 쓰겠다고 했으나 시간이 촉박하다는 이유로 수용되지 않았다.

1918년 9월 2일

일본의 쌀 소동 사건이 8월 초순에서 중순경까지 전국적으로 파급되었다고 하니 그 수습을 위해 신경을 그쪽으로 쓰고 있을 때 거사하면 성공할 수 있을 것으로 보아 9월 9일을 거사일로 하고 선언문

   8장 민족사의 거화(巨火) 3·1 혁명

의 작성을 내게 위임했다. 나는 장문의 초안을 의암에게 보여 여럿이 수정 가필한 다음 인쇄할 준비를 갖추었다. 손 의암은 원로와의 교섭을 분담 처리하고 육당 최남선으로 하여금 선언문도 짓게 했다. 나의 것은 인쇄 도중에 중지하고 육당 것을 쓰기로 했다.

이 같은 과정을 거치면서 기미년 3·1혁명은 물밑에서 은밀히 추진되었다. 그러다가 1919년 1월 21일에 갑작스럽게 고종이 사망했다. 일본인이 독살했다는 설이 퍼지면서 일본을 배척하는 여론이 거세졌다. 비록 망국의 군주였지만 일제에 강제로 폐위되었고, 엄중한 감시 속에 살다가 결국 그들에게 독살당했다는 것에 백성들은 분개했다.

국제 정세와 국내 민심도 끓어오르고 있었다. 3월 1일이 거사일로 정해졌다. 3월 3일 고종의 장례식에 참석하기 위해 전국 각지에서 많은 사람이 상경하는 시점이었다. 민족대표 서명자가 33인이어서 3월 3일의 장례식날에 거사하자는 의견도 있었으나 아무리 폐주라고 하더라도 예의가 아니라고 판단해 3월 1일로 앞당겨졌다.

독립선언서 인쇄 중에 등장한 악질 형사

독립선언서에 서명한 민족대표 33인은 다음과 같다(괄호 안은 당시 나이).

천도교 손병희(59), 권동진(59), 최린(42), 오세창(56), 임예환(55), 권병덕(53), 이종일(62), 나용환(56), 나인협(49), 홍기조(60), 김완규(44), 이종훈(65), 홍병기(51), 박준승(54), 양한묵(58)

기독교 이승훈(56), 박희도(42), 최성모(47), 신홍식(48), 양전백(51), 이명룡(47), 길선주(51), 이갑성(31), 김창준(31), 이필주(51), 오화영(다른 이름 오하영, 40), 박동완(35), 정춘수(45), 신석구(45), 유여대(42), 김병조(44)

불교 한용운(41), 백용성(56)

33인의 민족대표와 함께 3·1혁명을 주도한 인물의 명단은 다음과
같다.

천도교 박인호(66), 노헌용(53), 이경섭(45), 한병익(20), 김홍규
(45)

기독교 함태영(48), 김지환(29), 안세환(33), 김세환(32)

교육계 송진우(31), 현싱윤(28)

문인 최남선(31)

무직 임규(51), 김도태(29), 노정식(30)

학생 강기덕(31), 김원벽(27)

독립선언서의 인쇄는 2월 20일 밤부터 시작했다. 이종일이 그 책임
을 맡았다. 천도교 인쇄소인 보성사에서 하기로 했다. 그런데 하마터
면 모두 헛수고가 될 뻔했다. 인쇄 도중에 총독부 악질 한인 형사가
낌새를 맡고 인쇄소 안으로 들어왔다. 손병희의 부인 주옥경의 증언
은 이렇다.

독립선언서를 인쇄하던 때에 천도교회에서 보성사 인쇄소와 보성
소학교·중학교와 보성전문학교를 다 경영했었습니다.

지금 수송동 불교 총무원 자리 그 운동장 맨 끝에 2층 건물로 된

보성사 인쇄소가 있었는데, 인쇄 시설은 지하실 같은 그 건물의 아래층에 있었습니다. 이종일 씨라는 분이 인쇄를 맡아서, 낮에는 다른 인쇄물을 취급하고 직공들을 일찍 돌려보낸 다음, 밤에는 사방 문을 걸어 잠그고 불빛이 새어 나가지 않도록 창문을 가리고 인쇄하였는데, 공교롭게도 신승희라고 하는 유명한 한국인 악질 형사에게 걸려들게 되었습니다.

바로 이 신승희가 우리 보성사 주위를 순찰하다 보니, 밤중에 인쇄하는 소리가 달가닥거리는데, 사방 문에 불빛이 보이지 않으며, 다만 공기통으로 불빛이 새어 나오더라는 것입니다. 그래서 문을 두드리니 이종일 씨는 그만 기절할 지경이었습니다. 어디다 인쇄물을 감출 수도 없고 당장 악마 같은 그 형사는 문을 벗기라고 소리소리고, 어이구, 한울님 맙소서, 이젠 만사가 다 글렀다고 생각하면서, 하는 수 없이 문을 열어 주었다 합니다.

그랬더니 그 신승희가 들어와서 한 번 인쇄소 안을 훑어보자마자 모든 일이 탄로 나고 말았었습니다. 그래서 이종일 씨는 그만 그 신승희의 발밑에 엎드려, 제발 당신도 우리나라 백성이면 독립을 원하는 마음은 같을 게 아니냐고. 하루만 기다리면 내일은 다 세상에 알려질 일이니 그저 오늘 하루만 못 본 것으로 해 달라고 애걸복걸했답니다.

그리고 여기 잠시만 기다리고 계시면 내 잠깐 우리 의암 선생을

뵙고 오겠다고 하고는 우리 집으로 달려오지 않았겠습니까.

이 말을 들은 그 양반은 즉시로 서슴지 않고 오천 원 뭉치를 이종일 씨에게 맡겼습니다. 그래서 신승희가 오천 원 먹고 눈을 감아주었습니다.[3]

독립선언서의 인쇄 책임을 맡았던 이종일은《묵암 비망록》에 이렇게 적었다.

1919년 2월 20~27일

(20일) 오늘부터 독립선언서를 보성사에서 인쇄하기 시작하다. 장효근·김홍규·최남선·신영구와 내가 좁은 인쇄소에서 문을 굳게 닫고 찍기 시작했다.

(25일) 2만 5천 매를 우선 1차로 인쇄 완료하여 천도교 본부로 운반하다.

(26일) 1차로 인쇄된 것을 각계 동지들 7, 8명에게 2천 매에서 3천 매씩 배포했다. 이갑성(李甲成)에게 2천5백 매가 전달됐다. 손녀 장옥(璋玉)도 한몫 거들다.

(27일) 오늘까지 2차로 1만 매를 더 인쇄하여 천도교당으로 가지고 가다가 파출소(경찰관)에게 검문당했으나 족보라고 속이고 겨우 운반했다. 어제 대한인 형사는 의암과 상의하여 겨우 매수할

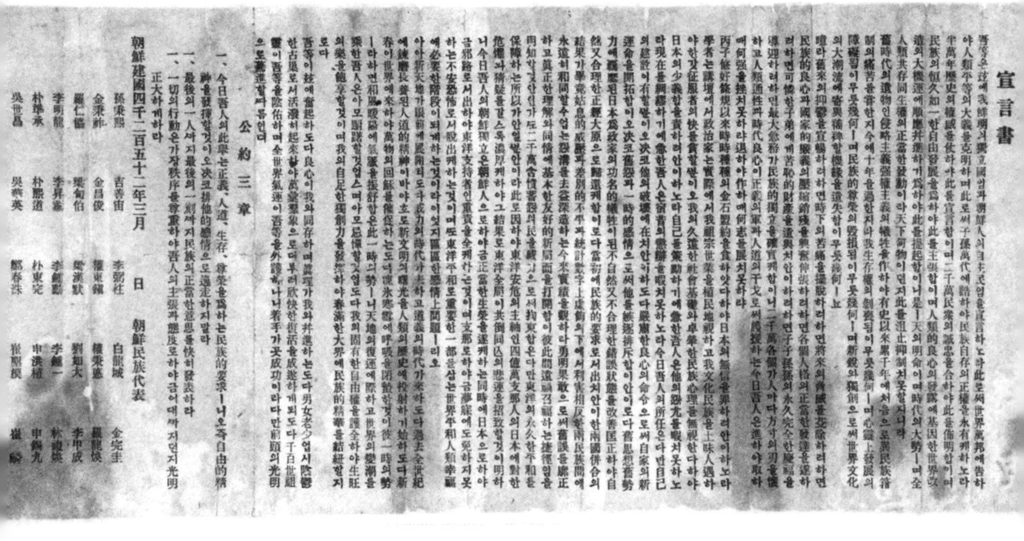
宣言書

吾等은玆에我朝鮮의獨立國임과朝鮮人의自主民임을宣言하노라此로써世界萬邦에告하야人類平等의大義를克明하며此로써子孫萬代에誥하야民族自存의正權을永有케하노라

公約三章

一、今日吾人의此擧는正義、人道、生存、尊榮을爲하는民族的要求ㅣ니오즉自由的精神을發揮할것이오決코排他的感情으로逸走하지말라

一、最後의一人까지最後의一刻까지民族의正當한意思를快히發表하라

一、一切의行動은가장秩序를尊重하야吾人의主張과態度로하야금어대까지던지光明正大하게하라

朝鮮建國四千二百五十二年三月 日

朝鮮民族代表

孫秉熙 吉善宙 李弼柱 白龍城 金完圭 金秉祚 金昌俊 權東鎭 權秉悳 羅龍煥 羅仁協 梁甸伯 梁漢默 劉如大 李甲成 李明龍 李昇薰 李鍾勳 李鍾一 林禮煥 朴準承 朴熙道 朴東完 申洪植 申錫九 吳世昌 吳華英 鄭春洙 崔聖模 崔麟

독립선언서(한국학중앙연구원)

수 있었다. 수천 원을 덥석 집어주니 겸연쩍게 물러갔다. 오늘 갑자기 3월 1일 명월관 지점 태화관으로 만세 시위운동의 장소를 변경했다.

총독부 법정에 서다

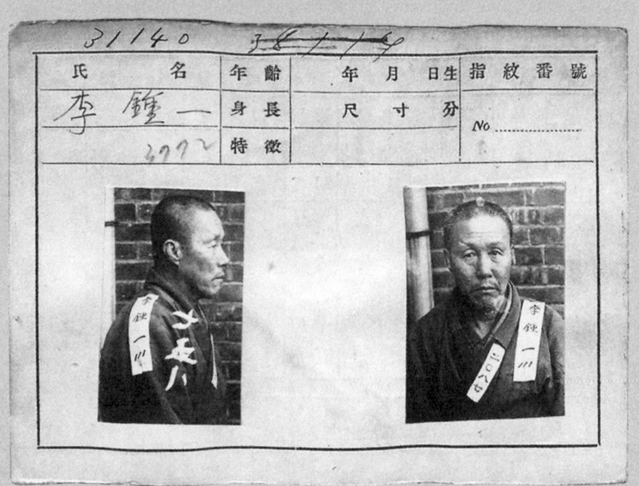

及其事由 出獄年月日	執行監獄	言渡裁判所	刑ノ始期	言渡年月日	刑名	罪名	身分	住所	出生地	本籍
満期　假出獄	監獄	法院	大正　年　月　日	大正　年　月　日	禁錮　懲役		職業			
考　　　　備					科　前	犯				

이종일 주요 감시 대상 인물카드 전후면(국사편찬위원회)

민족사의 대전환, 3·1혁명

민족사의 변곡점이 된 1919년 3월 1일의 기록이다.

새벽에 눈을 떴다. 잠이 오지 않아 그대로 일어나 오늘의 거사가 반드시 성공하길 두 손 모아 빌었다. 토요일, 날씨도 따뜻하고 청명한 날이다. 우리의 민족 자주 독립운동을 성공적으로 마칠 수 있도록 온 세상이 도와주는 것 같다.

어제까지의 결의가 오늘의 거사로 직접 연결되는 것이다. 집에는 아무에게도 알리지 않고 거사가 성공되기를 경건하게 기원만 했다.

오전 중 천도교 편집인 이권에게 독립선언서 2백 장을 주어, 연도에 도열해 있는 군중(국장 참례인 인 듯)에게 배포하고 어제는 한용운으로 하여금 서울의 학생단과 전국 사찰에 골고루 배포하도록 다짐하면서 5천여 장을 주었다. 또 박희도·이갑성으로 하여금 역시 서울의 남녀 학생에게 골고루 나누어 주도록 각기 2천 장씩 준 것 같다. 12시 전까지 집에 남겨 두었던 선언서는 거의 다 배포했다.[1]

1919년 3월 1일 오후 2시, 서울 인사동 명월관 지점인 태화관에 애국지사 29인이 은밀히 모였다. 독립선언서에 서명한 33인 중 김병조는 독립을 알리기 위해 해외로 나갔고 길선주, 유여대, 정춘수는 지방에서 올라오는 길이어서 참석하지 못했다.

3.1독립선언기념탑(국가보훈부공훈전자사료관)

긴장된 분위기 속에서 간략한 독립선언식이 거행되었다. 먼저 불교계 대표로 서명한 한용운이 일어나 독립선언을 알리는 식사(式辭)를 한 다음 그의 선창으로 대한 독립 만세를 제창했다. 독립선언서는 이종일이 낭독했다.

같은 시각, 종로 파고다공원에는 2천여 명의 학생과 시민이 모여 민족대표들의 참석을 기다리고 있었다. 민족대표들은 애당초 독립선언 장소를 파고다공원으로 정했다가 학생들과 시민들이 일경과 충돌하면 희생자가 생길 것을 우려해 태화관으로 바꾸었다.

학생들과 시민들은 아무리 기다려도 민족대표들이 나타나지 않자, 군중 속에서 한 청년이 팔각정 위로 올라가 독립선언서를 우렁차게 낭독했다. 낭독이 끝나자, 군중들의 독립 만세 소리가 울려 퍼졌고, 이어서 공원 문으로 쏟아져 나와 시위행진을 벌였다. 일부 시위자들은 태극기를 들고 있었다.

태화관에서 독립선언식을 거행한 민족대표들은 집주인에게 경찰에 알리도록 했고, 얼마 후 밀어닥친 군사경찰 80여 명에게 붙잡혀 남산에 있는 왜성대(倭城臺) 경찰 총감부로 압송되었다. 끌려가는 차 안에서도 거리 시위 군중에게 독립선언서를 던져 준 사람도 있었다.

학생과 시민들이 파고다공원을 뛰쳐나와 거리 행진에 나서자, 고종의 인산(因山)에 참석하기 위해 전국에서 상경한 사람들이 합세하면서 시위대는 삽시간에 수십만 군중으로 불어났다. 시위대 일부는 종로에서 광교 → 시청 앞 → 남대문을 돌아 의주 통으로 꺾이어 주한 프랑스공사관 쪽으로, 다른 일부는 종로 → 덕수궁 → 대한문 앞에 이르러 독립 만세를 외쳤다.

그사이에 출동한 일제 경찰의 제지를 받았으나 민중들은 조금도 흩어지지 않고 대열을 정비하면서 시위를 벌였다. 시위 군중은 다시 여러 대열로 나뉘어 미국 영사관 → 창덕궁 → 일본 보병사령부 → 총독부 청사 앞을 행진하면서 만세를 불렀다.

3월 1일의 독립 만세 시위가 일어난 곳은 서울만이 아니었다. 평양, 의주, 정주, 해주, 옹진, 사리원, 황주, 서흥, 연백, 수안, 원산, 영흥에서도 같은 시각에 만세 시위가 일어났다. 경의선과 경원선 등 철로 변에 자리한 도시들이어서 서울과 연락이 쉬웠기 때문이다.

서울 탑골공원에 있는 3·1혁명 서판(ja:User:Cinnamon)

독립만세운동은 3월 2일부터 전국적으로 번져 갔다. 서울의 여러 지역을 비롯해 조선 8도 거의 모든 지역에서 조직적으로 또는 자발적으로 벌어졌다. 민족대표들은 비폭력, 일원화, 대중화의 3대 원칙을 제시했고, 시위 군중은 이를 따라 시위는 비폭력적으로 질서정연하게 이어졌다. 3월 1일부터 5월 말까지 3개월 동안 전개된 시위 상황은 박은식의 《한국통사》에는 집회 총 인원은 2,023,098명이며, 사망자 7,509명, 부상자 15,961명, 피검자 46,948명이었으며, 불탄 교회당은 47동, 불탄 학교는 2동, 불탄 민가도 715호였다고 기록되어 있다.

그런데 일제는 이보다 수를 훨씬 축소해 통계를 조작했다. 3·1독립만세운동은 국내뿐만이 아니라 한인들이 모여 사는 해외 곳곳에서도 전개되었다. 서간도와 북간도를 비롯해 남북 만주 일대와 중국 본토 여러 지역, 러시아 연해주, 미주와 하와이, 일본 등지에 살던 교포들이 참여한 것이었다.

특히 북간도의 중심지인 용정에서는 3월 13일 1만여 명의 한인이 일본 영사관 옆에서 조선독립축하회를 개최하고 〈독립선언서〉와 별도로 제작한 〈독립선언포고문〉을 발표했다. 행사를 마친 동포들은 시위에 나섰다가 일경의 무자비한 총격으로 17명이 사망하고 30여 명이 중경상을 당하는 등 피해를 보았다.

독립을 선언한 민족대표들은 총독부 경찰 총감부에 끌려가 혹독한 수사와 고문을 당했고 악명 높은 서대문형무소에 갇혔다. 일제는 이

9장 총독부 법정에 서다

들을 내란죄로 엮어 중형을 선고하려고 시도하면서 가족 면회조차 일절 금지하는 등 악행을 서슴지 않았다. 그들은 지방에서 상경한 지사 3명도 함께 가뒀고, 33인 외에 〈독립선언서〉에는 서명하지 않고 뒷일을 맡기로 했던 지사들까지도 구속해서, 재판에 넘겨진 독립지사는 모두 48인이었다.

민족대표들은 〈독립선언서〉만 낭독한 것이 아니었다. 임규와 안세훈을 일본에 파견해 일본 내각과 의회에 〈독립선언서〉를 제출하게 했고, 독립원조청원서 등을 영문으로 번역해서 미국 대통령과 파리강화회의 대표들에게 전송하기 위해 현순을 상하이로 파견했다.

자료에는 나타나 있지 않으나, 민족대표들이 재판정에서 판검사의 심문에 "독립된 나라의 정체는 민주공화"였음을 진술한 것으로 보아, 독립되면 민주공화제를 채택하기로 사전에 뜻을 모았던 것 같다. 상하이에서 수립된 임시정부가 이를 받아 민주공화제를 채택한 데서도 알 수 있는 대목이다.

—

경무 총감부 거쳐 서대문 감옥에 수감

일경에 끌려간 이종일과 민족대표들은 모두 남산 왜성대의 경무총감부에 구금되었다. 지방에서 뒤늦게 상경한 길선주, 유여대, 정춘수 세 사람도 자진해서 경찰에 출두해 이들과 합류했다. 구속된 민족대표들에게는 이날 밤부터 개별적으로 혹독한 신문이 시작되었다. 32명 이외에 3·1혁명 준비 과정에서 중요한 역할을 한 관련자들도 속속 구속되어 48명이 주동자로 신문을 받았고 심한 고문까지 자행되었다.

왜성대에서 1차 신문을 받은 민족대표들은 모두 서대문형무소로 이송되었다. 이들은 악명 높은 서대문형무소에서 문초, 고문, 대질신문 등 어려운 고비를 겪은 뒤 4월 4일 경성지방법원에서 이루어지는 예심에 넘겨졌다. 일제는 애국지사들에게 처음에는 내란죄라는 죄목을 걸어 국사범으로 몰아갔다.

우리 대표들을 다루는 것이 점점 포악해짐을 느낄 수 있다. 이제야말로 올 것이 온 게 아닐까. 마음의 결심이 서지 않고는 그들을 극복할 수 없을 것이다. 듣건대 고문이 점차 극심해져서 그 정도가 이를 데 없이 가혹하다. 이 같은 일 때문에 변절자가 계속해서 나온다고 한다. 한심스러운 일이다. 만약 고문이 무서워 변절하거나 투항한다면 민족대표자 명단에 끼어들 필요가 없는 것이다.

어떤 대표는 벌벌 떨면서 방성대곡하고 있으니 이게 도대체 될 법한 일인가. 그럴 바에야 차라리 김○○ 같이 상해로 피신하는 것이 상책이겠지. 그래서 한용운이 공포에 떨고 있는 몇몇 사람에게 인분 세례를 퍼부은 게 아닐까. 통곡하는 자 머리에 인분을 쏟아부었던 사실은 너무나 유명한 일이다. 그것은 아무리 생각해 보아도 통쾌무비(痛快無比)한 일이다.

우리 민족대표가 공포에 떨거나 비열한 행동을 자행한다면 그를 따르는 우리의 민중은 장차 어디로 간다는 말인가. 내가 그 같은 어리석은 자의 행동을 목격했다 해도 인분 세례를 퍼붓지 않고는 못 견딜 것 같다. 역시 한용운은 과격하고 선사다운 풍모가 잘 나타나는 젊은이다.[2]

예심을 맡은 나가지마(永島雄藏) 판사는 재판을 4개월이나 끌었으며, 이때 조성된 조서만도 14만여 장에 가까웠다. 나가지마는 민족대표들에게 내란죄를 적용했다. 한국인 변호사 허헌 등이 동분서주하며 변론에 나섰으나 역부족이었다.

일본 검사와 판사는 한통속이 되어 독립선언서의 공약 3장을 내란죄라는 죄목으로 걸었다. "최후의 일인까지라 함은 조선 사람이 폭동을 하든지 전쟁이 나든지 마지막 한 사람까지 궐기하라는 것이 아니냐?"라며 추궁했다. 이 질문에 민족대표들은 "합방 후에는 조선 사람에게서 총기를 모두 빼앗은 까닭에 산에 맹수가 있어 피해가 커도 이것을 구제하지 못하는 지경인데, 폭동을 일으킨다는 것은 상식 있는 사람으로서는 도저히 생각할 수 없는 일이다. 무력이 없는 사람이 무엇으로 싸울 수 있겠는가. 그래서 모든 국민이 스스로 독립 의사를 발표하라는 뜻이었다."라고 진술하며 맞섰다.

8월 상순 재판은 경성고등법원으로 이송되었다. 이 무렵부터 일제의 조선 식민지 정책이 다소 바뀌었다. 그 기조가 무단통치에서 소위 문화정책으로 바뀐 것이다. 그 덕분에 일본 제국의회에서는 조선인의 감정을 달래기 위한 수단으로 민족대표들에게 '가벼운' 형벌을 내리자는 의견이 제기되었다. 이런 여론을 좇아 고등법원은 그동안 적용하려던 내란죄 대신 '보안법 및 출판법 사건'이라고 바꿔 이 사건을 다시 경성지방법원으로 되돌려 보냈다.

이듬해인 1920년 7월 12일 오전, 정동 소재 경성지방법원 특별법정에서 민족대표들에 대한 공판이 열렸다. 구속된 지 16개월 만에 열린

9장 총독부 법정에 서다

첫 공판이었다.

법정 주변에는 일제 경찰의 삼엄한 경비가 펼쳐졌다. 일제는 다시 만세운동이 일어날 것에 대비해 물샐틈없는 경비망을 폈다. 3·1혁명의 산물로 갓 창간한 동아일보는 '조선 독립운동의 일대 사극(史劇), 만인이 주목할 제1막이 개(開)하다'라는 제목의 기사에서 이날의 광경을 다음과 같이 기술했다.

> …… 이 공판의 결과는 조선 민중에게 어떤 느낌을 줄 것인가. 공판 당일의 이른 아침 어제 개던 일기는 무엇 때문에 다시 흐리고 가는 비조차 오락가락하는데 지방법원 앞에서 전쟁을 하다시피 하여 간신히 방청권 한 장을 얻어 어떤 사람은 7시경부터 공판정에 들어온다. 순사와 간수의 호위한 중에 방청권의 검사는 서너 번씩 받고 법정 입구에서 엄중한 신체 수사를 당하여 조그만 바늘 끝이라도 쇠붙이만 있으면 모두 다 쪽지를 달아 보관하는 등, 경찰의 경계는 엄중을 지나 우스울 만큼 세밀했다.
>
> 붉은 테를 둘씩이나 두른 경부님들의 안경 속으로 노려 뜨는 눈동자는 금시에 사람을 잡아먹을 듯이 살기가 등등한 즉 …… 이에 따라 붉은 테를 하나만 두른 일본인 순사님도 코등어리가 우뚝하여 이리 왔다 저리 갔다 하는 양은 참 무서웠다.[3]

경찰 신문조서

재판 첫날(1919. 3. 1)

민족대표들은 경찰에 끌려간 3월 1일 오후부터 총독부 경무총감부에서 신문을 받았다. 이종일은 3·1거사의 명분이나 독립운동의 이유 등에서는 철저하게 원칙과 신념을 지켰으나 동지와 회사 직원들을 보호하기 위해서는 가끔 사실과 다른 진술을 하기도 했다.

첫날의 경찰 신문 조서 내용은 이렇다.[4]

문 본적, 주소, 출생지, 신분, 직업, 성명, 연령은?

답 본적은 경성부 경운동 78번지, 주소는 본적지와 동일. 출생지는 경기도 포천군 면동, 양반, 《천도교회월보》 사장, 이종일. 62세.

문 피고는 인쇄소 경영을 하고 있는가?

9장 총독부 법정에 서다

답 경성부 수송동 44번지 보성중학교 내 보성사라는 인쇄소를 하고 있다.

문 피고는 조선 민족 대표자로서 선언서를 인쇄하고 대표자 33명 명의로 이것을 배포한 일이 있는가?

답 오세창과 권동진이 부탁하여 인쇄했고 원문은 오세창이 가지고 왔는데 누가 작성한 것인지는 알지 못한다.

문 선언서는 얼마나 인쇄했는가?

답 2만 1천 매를 인쇄했고 인쇄비는 받지 않았는데 자본금은 천도교에서 출자했기 때문이다.

문 피고가 대표자가 된 동기는 무엇인가?

답 나는 광무 2년부터 약 10년간 『제국신문』 사장으로 있었는데 민족적 사상은 버리지 않고 있었다. 이제 조선은 합병이 되었으나 독립국이 되려면 선언서의 대표자가 되어야겠다고 생각했다.

문 독립국이 되기 위하여 선언서를 인쇄하기로 하자고 처음 누가 발언했는가?

답 나는 경성부 돈의동에 사는 오세창이 유럽전쟁 후 평화회의가 있고 이 태왕 전하의 장의가 있어 많은 사람이 집합할 것이므로 이에 선언서를 인쇄하여 배포할 것이니 인쇄해 달라고 하여 인쇄한 것이다. 나는 그 대표자의 한 사람이었다.

문 피고는 건의서와 청원서에 서명 날인한 일이 있는가?

답 2월 26일 밤 오세창 집에서 건의서와 청원서에 날인할 것이니 27일 오라고 했다. 나는 바쁘니 갈 수 없다고 인장을 주면서 날인해 달라고 권동진에게 위임했다.

문 피고들이 명월관 지점에 모였을 때 학생이 온 일이 있는가?

답 어떤 학생인지 알 수 없어도 세 명이 와서 오늘 오후 1시 30분경에 선언서를 발표한다고 하더니 어째서 요리점에 있는가. 파고다 공원으로 가서 발표하라고 했으나 못 가겠다고 하여 학생들은 곧 돌아갔다.

대정 8년 3월 1일
피고인 이종일
경무 총감부에서
순사 장원맹부(莊原孟夫)
순사보 이양상

이종일은 3월 10일 경무총감부에서 순사 장원맹부(莊原孟夫)의 신문을 받았다.

연방제 몰라도 식민지 반대(1919. 3. 10)

문 피고는 이번 여러 동지와 같이 조선 독립운동을 했는가?

답 나는 운동은 안 했고 독립선언서는 인쇄한 일이 있다.

문 어떻게 독립선언서를 인쇄하게 되었는지 사정을 말하라.

답 올해 2월 20일경 오세창 집에 가니까 그가 나에게 인쇄물을 보내주겠으니 그리 알라 하고 그 후 26일 오세창이 찾아와서 독립선언서 2만 매가량을 인쇄해 달라고 해서 승낙했다. 독립선언서 원고가 왔으므로 2만 1천 매를 인쇄했다.

9장 총독부 법정에 서다

문 독립선언서에 민족 대표자로서 피고가 명단에 있는데?

답 나는 원래 신문사 출신이므로 신문을 발간하는 것은 잘한다. 그래서 민족적인 유감을 가지고 있었던 터라 선언서에 명단을 내기는 했지만 별로 이야기한 일은 없다.

문 피고는 독립선언서 발표를 위해 동지들과 같이 명월관 지점에 갔는가?

답 그렇다. 나는 별로 이야기한 일은 없으나 선언서에 이름을 냈기 때문에 명월관 지점에 모였다.

문 피고가 인쇄한 독립선언서는 어떻게 처리했는가?

답 독립선언서를 인쇄하기는 27일 밤인데 오세창은 나에게 암호로 청색 오이조각을 가지고 오는 사람에게 주라고 해서 28일 아침 천도교인 안상덕이 암호를 가지고 와서 1천5백 장, 이경섭에게 5백 장, 감상설에게 3천 장, 인종익에게 3천 장, 중앙예배당 기독교인 김창준에게 3천 장, 승려 한용운에게 2천 장을 주고 또 내가 없을 때에도 암호를 가지고 오는 자에게 주라고 했다. 또 그날 밤 이갑성이 학생 한 사람을 데리고 와서 2천 장을 주었으며 우리 집에 1백 장가량 남겨 두었다.

문 선언서는 어떤 곳에 배부했는가?

답 경성부 내는 이갑성, 김창준 두 사람이 배부했고 인종익은 충청남북도, 전라남북도, 경상남북도, 안상덕은 강원도, 함경남북도, 김상열과 이경섭은 황해도 지방에 배부한다는 말을 그 사람들이 선언서를 가지러 왔을 때 들었다. 또 기독교 측에서도 지방에 보낸 일이 있고 한용운은 어느 곳에서 어떻게 했는지 알지 못한다.

문 피고는 일한합병에 반대하는가?

답 연방제도라면 모르지만 식민지로 된 것은 반대이다.

대정 8년 3월 10일
피고인 이종일
경성지방법원 예심괘
예심판사 나가지마(永島雄藏)

힘 있는 대로 독립운동 하겠다(1919. 4. 16)

이종일은 4월 16일 경성지방법원에서 예심판사 나가지마의 심문을 받았다. 나가지마가 "앞으로도 조선 독립운동을 할 것인가?" 묻자 "힘 있는 대로 할 것이다."라고 명쾌히 답변했다.

문 보성사는 피고 이외에 종업원이 얼마나 되나?

답 총무 장효근, 서기 박근채, 공장감독 김홍규, 간사 이종익 등 60명가량이다.

문 피고는 조선 관리를 지낸 일이 있는가?

답 중추원 설치 때 10개월간 중추원 의원으로 있었다.

문 인쇄한 선언서의 원고는 어떻게 했는가?

답 인쇄가 다 된 후 선언서 3장과 원고를 오세창에게 보냈다.

문 인쇄는 누구에게 시켰는가?

답 김홍규에게 명령하여 채자하게 한 후 내가 교정을 보고 인쇄하라고 했는데

9장 총독부 법정에 서다

김홍규는 또 누구에게 시켰는지는 알지 못한다.

문 그러면 김홍규는 인쇄물이 독립선언서인 줄 알았는가?

답 그 사람은 무식하기 때문에 몰랐을 것으로 안다.

문 무식한 사람이 어떻게 채자할 수 있는가?

답 한 자 한 자씩 채자할 뿐이지 전체 뜻은 알지 못할 것이다.

문 선언서의 원고를 장효근에게 주어 그 사람이 김홍규에게 인쇄하라고 명령한 것이 아닌가?

답 그런 것이 아니라 그 당시 김홍규 혼자 남아 있어서 그 사람에게 명령한 것이다.

문 선언서를 피고 집까지 누가 운반했는가?

답 김홍규와 보성사 사동 최동식이 화물 운반차를 시켜서 우리 집으로 가져왔다.

문 인쇄한 선언서를 왜 지방에 보냈는가?

답 지방에 가서 배포하여 일반도 다 알도록 하자는 것이다.

문 선언서를 배포하면 경성과 지방의 인민이 자극받아 소요 폭동을 일으킬 줄로 생각하지 않았는가?

답 경성에는 국장을 배관하기 위하여 많은 사람이 집합하므로 다소 소동이 있을 것으로 생각되었으나 지방은 생각해 본 일도 없다.

문 이종린이 독립신문 원고를 작성하고 윤익선이 사장이 되고 피고가 인쇄 일을 맡아 피고의 손으로 원고를 돌린 것이 아닌가?

답 그런 일은 없다.

문 피고는 조선 독립을 생각한 일이 없는데 오세창에게서 권유를 받아서 독립 운동에 가맹한 것이 아닌가?

답 조선 사람으로서 조선 독립을 생각하지 않는 사람은 한 사람도 없을 것이다. 나는 오세창에게서 말을 듣고 독립국이면 참 좋은 일이라 생각하고 참가했다.

문 피고는 선언서 1백 장가량을 가지고 가서 배포했는가?

답 나용환이 가지고 갔고 나머지는 이갑성이 가지고 있다가 체포되어 갈 때 자동차 위에서 선언서를 살포했다.

문 그때 한용운이 연설을 했는가?

답 그렇다. 한용운이 우리는 조선 독립의 기초를 지었다는 취지의 연설을 하고 만세삼창을 부르고 식사하다가 체포되었다.

문 앞으로도 조선 독립운동을 할 것인가?

답 힘 있는 대로 할 것이다.

대정 8년 4월 16일
피고인 이종일
경성지방법원 예심괘
예심판사 나가지마(永島雄藏)

동지 보호를 위해 거짓 진술도(1919. 7. 21)

심문은 경성지방법원에서 7월 21일에도 열렸다. 판사는 나가지마였다. 이종일은 동지들을 보호하기 위해 사실과 다른 답변도 했다.

문 김상열에게 선언서를 평양에 가지고 가서 누구에게 주라고 했는가?

답 김상열에게 가져가라고만 했지 누구를 주라고 지정한 일은 없다.

문 곡산 이경섭에게는 천 장 중 서흥 교구장 박동주에게 7백 장 그리고 3백 장
은 곡산, 수안에 주라고 했는가?

답 나는 누구에게 주라고 한 적이 없다.

문 이것은 피고가 담당해서 선언서를 인쇄한 잔판인가? (이때 압수증 제259호
1, 2와 제260호를 보임.)

답 그렇다. 그것은 최남선이 조판해 온 것이다.

문 독립신문은 피고와 이종린이 인쇄한 것 아닌가?

답 아니다. 3월 1일 아침 이종린이 와서 인쇄한 독립선언서를 보고서 이것을 어
떻게 할 것이냐고 묻자 배포할 것이라 하니 이종린은 신문을 발행하려고 생
각한다 했다. 나는 그 일이 잘되겠느냐고 말했을 뿐 발행에 대해서는 이종린
과 협의한 일이 없다.

　　나는 검사 신문 조서에서 인쇄와 배포 문제에 관하여 답변했다.
인쇄에 관해서는 관계 인사의 범위를 축소하여 거짓 대답하였다.
관계된 많은 동지를 구출하기 위해서였다. 의리상 말이다. 장효근
을 살려야 하기 때문인데 역시 체포되어 목하 악형으로 심문을 받
고 있는 것 같다. 애석한 일이다.
　　독립선언서를 인쇄한 것은 27일 밤이라고 답변했으나 실은 2월
20일경부터 서서히 찍기 시작한 것이다. 그리하여 먼 지역의 천도

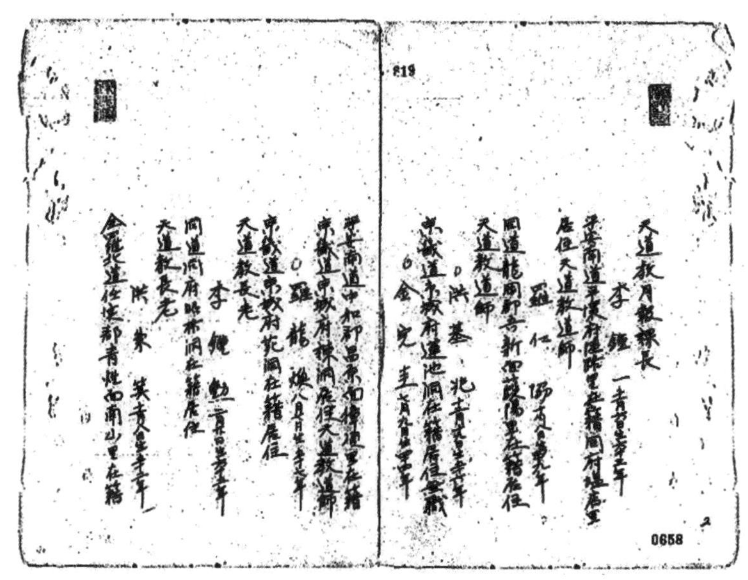

경성복심법원 판결문(국가보훈부공훈전자사료관)

교 교구에는 2월 14, 15일경 우선적으로 발송했다. 의암이 믿을 만한 인물을 소개하였기 때문에 그것은 아무도 모르고 있었다.[5]

일제 경찰의 신문은 계속되었다. 아래는 1920년 3월 2일 신문 조서이다. 장소와 신문자는 같다.

독립선언서 인쇄(1920. 3. 2)

문 그대가 오세창으로부터 원문을 받아 인쇄한 인쇄물, 즉 선언서는 이것인가?

9장　총독부 법정에 서다

(이때 압수증 제1호를 보임.)

답 그렇다.

문 그곳에서 인쇄한 선언서는 2만 1천 매라고 하는데 그 전부를 2월 27일 밤에 인쇄했는가?

답 그렇다.

문 선언서를 인쇄한 직공들에게 이런 인쇄를 했다고 입 밖에 내지 말라고 부탁했는가?

답 그렇다.

문 선언서는 어떤 직공이 맡아서 찍었는가?

답 신영구와 김홍규 두 직공에게 명령했고 다른 직공은 누구인지 알지 못한다.

문 먼저 보인 선언서 이 외에도 3월 1일 자로 신문을 인쇄 발행한 일이 있는가?

답 그런 일은 알지 못한다. 나는 인쇄한 일이 없다.

옥고, 그리고 새로운 항쟁

1945년경 서대문형무소 전경(위키미디어)

—

3년형 선고, 서대문형무소에 수감

감옥이란 인간 사회의 막장이지만 강한 사람은 더욱 강하게 하고, 약한 사람은 허물어지게 만든다. 양심수 즉 독립운동가나 민주화 운동가들도 다르지 않았다. 이종일을 비롯한 애국지사들은 대부분 일제의 가혹한 처우와 회유에도 굴하지 않고 민족적 신념을 견결히 지켰다.

민족대표에 대한 경성복심원(최종심)은 1919년 9월 20일 개정(開廷)되어 10월 30일에 선고되었다. 재판 과정에서 민족대표들은 모두 독방에 갇혀 심한 고문을 당했고, 시멘트 바닥에서 추위와 더위에 시달려야 했다. 식사도 콩과 보리를 뭉친 5등식(伍等式) 한 덩어리와 소금 국물이 전부였다.

이 같은 옥고로 양한묵은 구속된 해 여름에 옥사했고, 박준승은 1927년 3월 세상을 떠났다.

경성복심원이 내린 민족대표 48인의 형량은 다음과 같다.

징역 3년

손병희, 최린, 권동진, 오세창, 이종일, 이승훈, 함태영, 한용운

징역 2년 6월

최남선, 이갑성, 김창준, 오화영

징역 2년

임예환, 나인협, 홍기조, 김완규, 나용환, 이종훈, 홍병기, 박준승, 권병덕, 양천백, 이명룡, 박희도, 최성모, 신홍식, 이필주, 박동완, 신석구, 유여대, 강기덕, 김원벽

징역 1년 6월

이경섭, 정춘수, 백용성, 김홍규

무죄

박인호, 노헌용, 송진우, 현상윤, 정노식, 김도태, 길선주, 임규, 안재환, 김지환, 김세환

일제는 조선 민족대표들에게 중죄를 선고할 경우, 언제 다시 폭발

할지 모르는 민심에 휘발유를 끼얹는 격이라는 내부의 민심 동향 분석과 유화정책으로의 전환에 따라 비교적 가벼운 형량을 선고했다. 또한 송진우·현상윤 등이 무죄를 선고받은 것은, 당시 보안법이나 출판법에는 논의에 가담했더라도 실제 행동에 가담하지 않은 자를 처벌하는 조항이 없었기 때문이었다.

이종일은 3년형이 확정되면서 서대문형무소에 수감되었고, 여러 애국지사가 병고에 시달렸다. 고문과 부실한 음식, 더위와 추위 때문이었다. 특히 손병희의 병환이 심한 편이었다.

"성사 손병희의 환후가 매우 위중하다고 해서 천도교인뿐 아니라 모든 인사들이 우려하고 있다. 더욱이 지난 5월 26일 예심 도중에 양한묵 대표가 사망하여 충격이 컸었다. 그게 고문치사가 아닌가 싶어 울분을 참지 못한 바 있다."[1]

옥중에서 그리고 재판 과정에서 들리는 소식 중에 가슴 아픈 사연이 많았는데 그 가운데 자신이 대표로 있던 인쇄소 보성사가 화재로 소실되었다는 소식도 있었다.

"애석한 것은 6월 28일 밤 11시경에 내가 아끼던 보성사가 불타 버렸다. 안타까운 일이다. 독립선언서를 인쇄했다 해서 일본인이 방

 10장 옥고, 그리고 새로운 항쟁

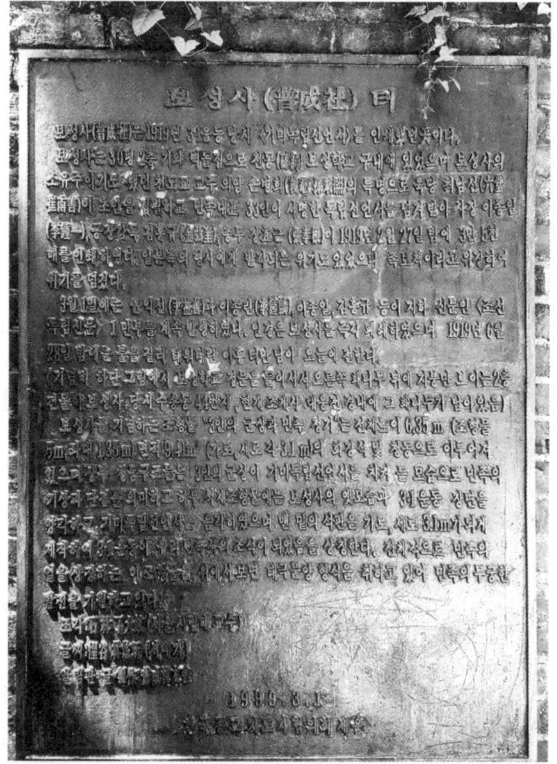

보성사 터 표지석(소동)
기미독립선언서를 인쇄했던 옛 보성사 터(종로구 수송공원). 1919년 6월 28일
밤 일본인이 불태워 버려 지금은 표석만 남아 있다.

화한 것으로 생각된다. 더욱이 보성사에서 조선독립신문이라는 천도교의 비밀신문을 찍어냈기 때문에 그들의 소행임이 분명하다. 종로경찰서는 보성사의 화재를 실화였다고 주장했으나 이는 분명 거짓인 것 같다. 절치부심한 일이 아니겠는가?"[2]

보성사 화재 시기와 비슷한 시점에 민족대표들이 독립선언을 했던 태화관까지 소실되었다. 일제가 역사적인 두 장소를 '실화'라는 구실로 불태워 버린 것이었다.

보성사에 대한 이종일의 애착심은 사그라지지 않았다. 그는 3·1혁명 1주기에 이런 기록을 남겼다.

감옥에서 맞는 만세 1주년이 되는 날이다. 감회가 크다. 다행히 장효근이 작년 8월에 증거불충분으로 석방되어 정성스레 나를 면회하곤 했다. 그때마다 나는 "보성사는 우리 민족운동의 온상이니 잘 재건해서 앞으로 큰일을 해야 할 것이오. 이곳은 단순한 인쇄소가 아니라 민족운동의 요람처라는 긍지와 사명을 갖게 하시오. 언젠가는 그곳을 중심으로 다시 일을 도모할 것이니…… 일찍이 동지들과 천도구국단을 조직, 활동하던 때를 환기시켜 보오."

그도 고개를 끄덕이며 감회에 젖어 있는 것을 똑똑히 보았다. 그도 완전 독립을 간원한다고 눈으로 말한 뒤 예의 주의를 환기하겠

 10장 옥고, 그리고 새로운 항쟁

다는 의견을 이심전심으로 서로 알았다.[3]

보성사 터 표지석(소동)

3년여 만에 출옥, 감옥 안팎이 다르지 않아

이종일은 악명 높은 서대문형무소에서 힘겨운 옥고를 견디다가 만기를 3개월 앞둔 1921년 12월 22일에 가석방되었다. 오세창, 권동진, 최린, 김창준, 함태영, 한용운과 함께였다. 감옥에서 풀려났지만, 바깥세상도 감옥 안과 별로 다르지 않았다.

감옥 속은 왜 이다지도 한기가 드는지. 사식이 들어오고 있었으나 조금도 입맛이 나지 않는다. 그렇다고 자유의 몸이 되어도 마찬가지일 것이다. 왜냐하면 반도 3천 리가 모두 감옥이나 다를 바 없기 때문이다. 우리 민중들이 지금 자기들의 집에 살고 있지만 감옥에서 살고 있는 것과 무엇이 다르단 말인가. 그럴 바에는 차라리 죽을 때까지 독립투쟁을 전개하는 것이 가장 바람직하지 않을까.

그런데 무엇이 두렵다고 몇몇 대표란 자들은 통곡을 하거나 후회를 할까. 그들이 나가면 변절할 우려가 없다고 누가 단언하겠는가. 심히 유감스러운 일이 아닐 수 없다. 3천 리 강토를 감옥으로 느끼지 않고 사는 자는 우리 동포가 아닐 것이다. 친일파, 관료, 변절자 같은 망국배 외에 누가 그렇게 안락하게 생각한다는 말인가.[4]

그의 말대로 '반도 3천 리가 모두 감옥'이나 다를 바 없었다. 일제는 조선에서 무단통치를 하기 위해 막강한 병력을 투입하고 각종 법제를 통해 조선을 얽매었다.

당시 조선에는 조선 주둔 일본 정규군 2만 3천여 명, 일제 군사경찰 1만 3,380명, 조선총독부 관리 2만 1,312명, 그리고 34만 명의 일본인 이주민 중 무장 일본 이주민은 2만 3,384명 등으로 총 8만 1,076명이 있었다. 일제는 이 밖에도 언제든지 한국에 증파할 수 있는 막강한 군사력을 보유하고 있었다.

일제는 조선을 완벽하게 통치하기 위해 전국 수천 개의 일본군 주둔소와 군사경찰관 주재소와 조선총독부 행정 조직을 거미줄같이 늘어놓음으로써 총검으로 식민지 무단통치를 자행하고 있었다.[5] 일제는 1907년 9월 3일, 이른바 〈총포 및 화약류 단속법〉을 제정해 한국인의 총기 소지나 운반을 철저히 탄압했고, 병탄 이후에는 이 단속법을 더욱 강화했다. 한국인은 철저히 무장 해제된 상태여서 산짐승이 날뛰어도 이를 처치할 총기 하나가 없었다. 박은식은 이를 두고 "한국인은 일제의 탄압으로 '촌철(寸鐵)'도 갖지 못했다."라고 지적했다.

1922년 5월 19일 그가 민족운동을 하면서 크게 의지하고 정신적, 물질적으로 지원받았던 의암 손병희가 순국했다. 감옥에서 병세가 크게 악화했으나 일제는 운명 직전에야 병보석으로 풀어 주었다. 그리고 얼마 후 62세로 눈을 감았다. 옥사나 진배없는 죽음이었다.

의암 성사의 유업과 동학 이래 면면히 이어지는 시대정신은 문명화된 자주독립의 국가 건설이었다. 그것이 곧 3·1혁명으로 발현되었다. 일제의 폭력으로 3·1혁명은 좌절되었으나 불꽃이 완전히 꺼진 것은 아니었다.

> 3월 1일의 대한독립 만세운동은 생각건대 분명히 우리의 정당한 의사의 발로이며 자유·정의·진리의 가르침이다. 이 운동은 우리나라 2천만의 대한 측이 정의와 인도의 깃발을 높이 들고 근대적 충(忠)과 신(信)을 갑옷으로 삼고 붉은 피를 포화로 대신한 창세기 이래 최초의 맨손 운동이었다. 그리고 세계 무대에서 활동한 특기할 만한 민족독립운동의 가장 신성한 대명사이기도 하다.[6]

출옥 후 그는 일제의 삼엄한 감시를 받았다. 수형 기간 중 그의 언행에 '요시찰'이라는 딱지가 붙었기에 감시는 더욱 심해졌다.

"비록 만세운동 후 즉시 체포되어 들어갔으나 독립운동은 이 생명 다할 때까지 신명을 바쳐 계속할 것이라고 당당히 대답했다. 이에 일본 경찰로부터 '이종일이라는 자는 지독한 악질이로구나' 하는 욕설을 한두 번 먹은 게 아니다."[7]

그는 3년여의 옥고와 63세의 나이, 그리고 일제의 무자비한 학살, 고문, 방화, 수배로 생긴 깊은 상처가 아물지 않은 사회 분위기를 살피면서 다음 행동을 준비했다.

—

투옥 대비 《조선독립신문》 발행 준비

시계를 잠시 1919년으로 되돌려 본다. 이종일은 3월 1일의 거사 이후를 치밀하게 준비했다. 3·1독립선언을 하면 일제에 의해 구금될 것이고, 어쩌면 살아 돌아올 수 있을지조차 장담할 수 없는 상황이었다. 자신들이 하려는 독립선언을 국민에게 널리 알리는 일이 중요했다. 당시 국내 언론매체라고는 총독부 기관지 《매일신보》뿐이었다.

이종일은 보성사 동지들과 비밀리에 신문을 만들어 국민에게 직접 알리기 위해 《조선독립신문》을 발행했다. 손병희가 3·1혁명을 주도하면서 1919년 2월 28일 후계자 대도주를 맡긴 박인호(朴寅浩)가 천도교의 최고 책임자가 되었다. 신문사 사장으로는 48세의 윤익선(尹益善)을 지명했다. 그는 보성전문학교 교장이었다.

《조선독립신문》은 보성사 사장 이종일과 《천도교회월보》 편집인 겸 발행인 이종린이 주도해서 만든 지하신문이었다. 독립운동 소식을 신문으로 만들어 전함으로써 일회성에 그치는 독립선언의 한계를 보완하고, 독립운동의 열기를 이어 나가기 위해 기획된 것이었다. 모든 기사의 원고는 이종린이 썼고, 이종일이 이를 확인했다. 인쇄는 보성사 감독 김홍규(44세)가 맡았고, 배포는 보성사 고용인 임준식(22)이 담당했다.[8]

《조선독립신문》은 3월 1일 오후 민족대표들의 독립선언과 그들의 구속 소식에 관한 기사를 실어 시중에 배포했다.

> 조선 민족대표 손병희·김병조 씨 외 31인이 조선 건국 4252년 3월 1일 하오 2시에 조선독립선언서를 경성 태화관 내에서 발표하였는데 동 대표 제씨는 종로경찰서에 구인되었다더라.[9]

《조선독립신문》 제1호의 머리기사다. 3월 1일 오전에 거사를 예측해서 쓴 기사여서 내용 중 사실과는 다른 오류가 있다. 사장 윤익선 명의로 《조선독립신문》이 발행된 당일 윤익선은 경찰에 체포되어 심문을 받았다.

> "3월 1일 《조선독립신문》이라는 것을 발행한 사실이 있는가?"
> "그렇소."

"신문의 원고는 누가 쓴 것인가?"

"내가 썼소."

"신문을 편집한 것도 당신인가?"

"그렇소. 편집도 내가 한 것이오."

"신문은 어디서 얼마나 찍었나?"

"인쇄는 보성사에서 했고, 모두 1만 부를 찍었소."

"신문의 배포는 어떻게 했나?"

"이름을 모르는 조선인 노동자 네 명을 한 사람당 50전씩에 고용하여 경성 시내에 배포했소."

윤익선은 원고 집필부터 배포의 책임까지 모든 것을 자신이 했다고 털어놓았다. 물론 모두 거짓말이었다. 그는 단지 이름을 빌려줬을 뿐이었다. 하지만 《조선독립신문》의 사장으로 표기되는 순간, 그는 이 모든 것을 자신이 한 일로 하기로 결심했다.[10]

《조선독립신문》은 윤익선이 구속된 이후에도 발행인의 이름을 바꿔가면서 제27호까지 발행되었다.

3·1혁명 이듬해(1920년)에 임시정부 구미(歐美) 지역 한국위원회 위원 정한경(鄭翰景)은 미국인들에게 3·1혁명의 진상을 알리기 위해 미국 필라델피아에서 영문으로 쓴 《한국의 사정(The Case Of

Korea)》에서《조선독립신문》에 대해 다음과 같이 적었다.

3, 4, 5월 동안 일간지로 나왔고 지금도 정기적으로 간행되고 있는 이 신문은 제작 면에서 퍽 낭만적이고 대담한 면이 있었다. 이 신문은 등사기로 찍어냈는데 제작진은 감시의 눈을 교묘히 피하면서 신문을 계속 찍어내서 그에 얽힌 얘기는 탐정소설이 되고도 남았다.

체포되어 가거나 군인들에게 얻어맞아 활동하지 못하는 사람이 생기면 다른 사람이 즉시 그 사람 몫의 일을 했다. 이 신문은 동굴이나 어부의 배 안에서도 찍었으며 심지어 교회에 인조 무덤을 만들고 그 속에서 찍어내기도 했다. 보급망도 아주 잘 정비되었으므로 전국 각처에 뿌려져 한국인은 물론 외국인들과 일본인들도 받아볼 수 있었다.

총독은 매일 아침 자기 책상 위에서 이 신문 2장씩을 발견했다. 일본인들은 완전히 당황했다. 외딴 초소에 근무하는 경찰관들은 초소의 의자에서 이 신문을 발견할 수 있었으며 간수들은 각 감방에 이 신문이 배포되었음을 뒤늦게 알곤 했다.

신문을 배부하다가 수백 명이 체포되고 발행 문제와 관련된 혐의로 더 많은 사람이 체포되었고, 그들 중엔 편집자들도 많았지만 그 신문은 중단되지 않고 계속 발행되었다. 이 신문 발행을 주관

한 일단의 사람들을 완전히 체포했다고 생각하기가 무섭게 그들을
담당한 검사의 책상 위에 그 신문이 또다시 모습을 보이기 일쑤였
다.[11]

최후의 저항과 순국

이종일 부음 기사(동아일보 1925.9.1, 국사편찬위원회)
이종일이 영양실조로 사망했으며 장례 비용이 없다는 내용이 실려 있다.

제2의 독립선언 준비 중 적발당해

3·1혁명은 비록 일제의 폭압으로 좌절되었으나 국내외에 미친 파장은 만만치 않았다.

- 상하이에 그 정신을 잇는 대한민국 임시정부 수립(1919.4.11.)
- 홍범도가 지휘하는 대한독립군, 국경 지대인 갑산·혜산진에 있는 일본 군영 습격(8.7.)
- 노인동맹단 강우규, 남대문역에서 신임 총독 사이토 마코토 일행에게 폭탄 투척(9.10.)
- 김원봉 등 13명, 만주 길림에서 조선의열단 결성(11.10.)
- 만주 지역 한족회의군정부, 무장단체 서로군정서로 개편(11.12.)
- 간도국민회원 5명, 무기 매입을 위해 조선은행 회령지점에서 수송 중이

던 15만 원 탈취(1920.1.4.)

- 북간도 독립군 200여 명, 두만강을 건너 국내 진입(3.15.)

- 봉오동대첩(6.4.~6.7.)

- 의열단원 박재혁, 부산경찰서에 폭탄 투척(9.14.)

- 청산리대첩(10.21~10.26.)

- 의열단원 김익상, 총독부 청사에 폭탄 투척(1921.9.12.)

- 의열단원 김익상, 상하이에서 일본 육군대장 다나카 기이치를 저격했으
  나 실패(1922.3.28.)

이처럼 항일투쟁은 계속되었다.

국제적으로는 1919년 5월 4일 중국에서 일어난 반일의 5·4운동, 인도에서 일어난 1919년 4월 간디의 비폭력 반영(反英) 운동을 비롯해, 라틴 아메리카 등 세계 각지의 반식민지 해방투쟁의 불씨가 되었다. 그러나 1922년 1월 미국 등 9개국이 모이는 태평양회의가 열렸으나 한국의 독립 문제는 외면당했다.

그럼에도 이종일의 조국 독립 의지는 확고했다. 투옥 전후가 다르지 않았다.

나는 연방제도는 모르지만 식민지 통치에는 절대로 반대한다는 뜻을 분명히 밝혔다. "금후에도 조선을 독립하려는 수단을 가지고 있

는가?"라는 질문에 나는 큰 소리로 "물론이다. 시기가 성숙되면 독
립운동을 할 것이다. 나는 합방이 되면서부터 독립에 대한 생각을
가지고 있었다. 일이 여의치 못하므로 나는 동학운동에서 보여 주
었던 민중운동을 이 시기에 재현해야 하겠다고 마음먹고 있었다.
그러니까 이번의(3월 1일) 만세운동은 그 같은 운동의 연속이며
독립구국운동의 구체적인 모습이기도 한 것이다."라고 대답하니
대단히 불쾌한 낯을 보였다.[1]

　　다시 한번 3·1독립만세운동을 일으켜야 하겠다. 감옥 밖을 나와
보아도 별로 다른 맛이 나지 않는다. 보성사는 장효근이 재건해 놓
았고 인쇄 활자도 상당히 회복되었다.[2]

　그는 그대로 앉아 있을 수 없었다. 3·1혁명으로 인한 사망자는 7,509
명이었고, 부상자는 15,850명, 구속자는 45,306명이었다. 전국 감옥에
는 여전히 많은 구속자가 고통을 겪고 있었다. 그는 '민족대표'라 지칭
된 신분으로 풀려났다고 해서 할 일이 끝난 것으로 생각하지 않았다.
　3·1혁명 발발 3주년인 1922년 3월 1일을 기해 보성사 직원들과 종
로에 나가 제2의 독립선언식을 거행하기 위해 준비했다. 출소 이후 일
제 경찰의 삼엄한 감시 때문에 자유롭게 사람들을 만날 수 없었기에
우선 보성사 사원들만으로 거사를 이어가기로 했다.

자신이 낭독할 〈자주독립선언문(일명 임오자주독립선언문)〉을 한문으로 작성했다. 한지 2장에 757자의 한문으로 작성된 선언문을 국문으로 번역해서 김홍규에게 보성사에서 인쇄하도록 했다.

자기들이 소각시켰던 보성사가 다시 업무를 시작하자 일제는 밤낮을 가리지 않고 감시에 나섰다. 그 때문에 2월 27일 한밤중에 선언서를 인쇄하다가 일경에 발각되어 선언서는 압수되었고, 제2의 독립선언은 수포가 되고 말았다.

〈자주독립선언문〉의 전문은 다음과 같다.

자주독립선언문

존경하는 천도교인과 민중 여러분!

우리 대한은 당당한 자주독립국이며 평화를 애호하는 세계의 으뜸 국민임을 재차 선언합니다. 지난 기미년(己未年)의 독립만세운동은 우리의 전통적인 독립에의 의지를 만방에 천명한 것이고 국제정세의 순리에 병진하는 자유·정의·진리의 함성이었습니다. 그럼에도 불구하고 일본의 무력적 압박으로 말미암아 우리의 자유와 평등을 주장한 이 자주독립운동은 몹시 가슴 아프게도 꺾이었습니다.

지난날 우리의 민족종교계 대표들은 자진해서 일본 경찰에 체포되어 갔습니다. 그것은 당당한 우리의 평화적이고 양심적인 행동으로 독립의 절규를 상징하는 일대 시위운동이었습니다. 그들은 우리 대표를 갖은 곤욕과 무질서한 문초로 위협하였습니다만 우리는 결코 비굴하게 굴거나 투항하지 않았습니다.

우리는 마침내 다시 풀려나 자유의 몸이 되었으나 반도 3천 리가 모두 감옥이나 다를 바가 없습니다. 우리의 독립을 위한 투쟁은 이제부터가 더욱 의미가 있고 중요합니다. 뜻 맞는 동지끼리 다시 모여 기미년의 감격을 재현하기 위해 우리 천도교의 보성사 사원 일동은 재차 봉기하여 끝까지 조국의 독립을 위해 신명을 바칠 것을 결의하고 선언하는 바입니다.

아! 우리 민중들은 차마 망해가는 성스러운 나라를 그냥 방치해 두렵니까? 좌절해서는 아니 됩니다. 진실로 우리나라 우리 집을 위해 한두 사람의 지사가 없단 말입니까. 비참하고 슬픈 일이 아닐 수 없습니다. 운이 다해서 그렇습니까? 명이 다해서 그렇습니까?

우리는 일어나야 합니다. 그래서 섬나라 사람은 섬으로 보내고 대한 사람은 대한을 지켜야 합니다. 비록 우리가 지금 압박과 질곡 속에 얽매여 있다 해도 우리는 틀림없이 광복하고 말 것이니 민중이여! 안심하고 경건하게 이번의 독립시위운동에 참가하십시오. 우리의 역사는 반만년의 빛나는 전통과 유서가 있는 것이고 근대적 충의와 도덕의 근원이 깊은 것일 뿐 아니라 종교와 문학이 융창하고 밝아

11장 최후의 저항과 순국

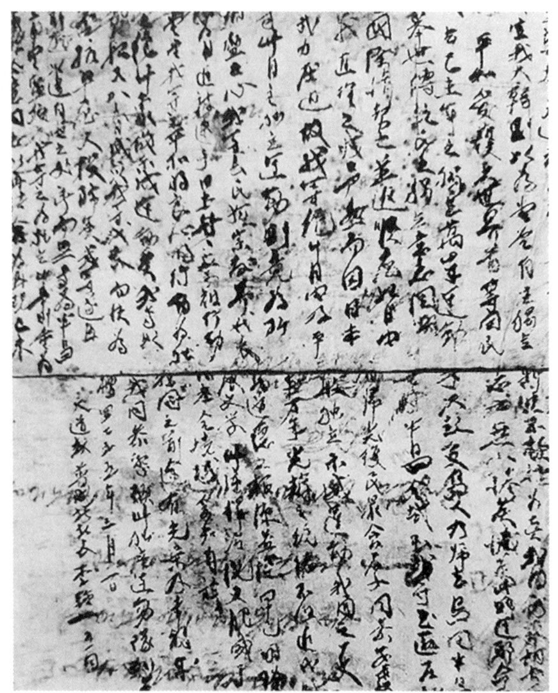

자주독립선언문(묵암이종일선생기념사업회)

서 그 패택(沛澤)이 일본을 살찌게 하였습니다.

그러므로 우리는 그들보다 우위에 있음을 긍지로 알아야 하겠습니다. 우리의 국혼(國魂)이 건재하고 견고하면 우리는 결코 망하지 않습니다. 이제 문득 국제 정세를 살펴보건대 시급히 도모하여 독립시위운동을 하지 않으면 자존영생(自存永生)할 수 없으며 예의 항거하여 일본을 방축(放逐)하지 못하면 결코 발전할 수 없음을 명

심해야 합니다. 지금 살고 있는 것은 사는 것이 아닙니다.

일본도 기미년 이후 무단적인 군사경찰 통치를 고쳐 유화정책을 쓰고 있으나 이는 고등경찰 통치이므로 기만당해서는 아니 됩니다. 우리의 절대적인 주장은 오로지 독립이 있을 뿐입니다.

가슴에 아로새겨두고 궐기해서 일본을 쫓아내야 합니다. 우리 민족의 진로에는 오직 자주독립이 있을 뿐입니다. 사회주의 풍조를 불식하고 오직 민주적 민중 국가 건설에 매진하고 일본의 감언이설에 기만당하는 간사하고 어리석음을 깨끗이 씻어내야 합니다.

민중 각자는 짚자리에서 잠자고 창을 베개로 하며 또 끓는 물 속이나 불 속의 형세라도 흔쾌히 뛰어들어 온 누리가 자주 독립되게 하여 일월(日月)이 다시 밝아지면 어찌 한 나라에 대한 공로만으로 그치겠습니까. 진실로 후세에 이 말을 전하여 훌륭한 조상이 되어야 할 것입니다. 지난번 비록 미국 워싱턴의 태평양회의에 건 독립에의 원대한 계획이 수포로 돌아갔다고 해도 우리의 독립 의지에는 변함이 없는 것입니다.

우리의 앞날에는 영광과 행복이 있을 뿐입니다. 어서 이 독립운동 대열에 참여해 주시기를 간절히 비는 바입니다.

단기 4255년 3월 1일
천도교 보성사 사장 이종일 외 일동

　　　11장　최후의 저항과 순국

—

여성 해방의 선구자, 가정보다 국가와 민족

19세기에서 20세기 초 반봉건·민족해방운동에 나선 이들은 이중삼
중의 굴레에서 싸워야 했다. 낡은 봉건주의 폐습과 이에 종속된 권력
그리고 국권을 침탈한 외세와의 싸움이었다. 그러다 보면 가정을 돌
볼 겨를이 없었다. 해외 망명자들은 대부분 단신으로 떠났고, 국내에
서의 항일투쟁 역시 '불고가사(不顧家事)'의 처지였다.

　이종일은 시종 국내파에 속하는 독립운동가인데, 파란곡절의 생애
중 가족(가정사)에 관한 기록은 찾기 어렵다. 1898년부터 1925년 작
고할 때까지 연속적으로 주요 사실을 기록한《묵암 비망록》에도 오로
지 이 한 대목뿐이다.

1899년 4월 19일

실학 및 개화에 관한 서적을 사내에서 읽다. 아내와 언쟁을 했는데 가사를 돌보지 않았기 때문이다. 내가 말하기를 "나라를 위하고 백성을 사랑하는 것만이 바로 나의 원하는 바이요 사사로운 정 따위는 돌볼 수가 없다. 남편의 위대한 사업을 이해할 줄 아는 것이 필요하다."고 아내에게 호령했더니 이해하는 아내가 되었다.

《제국신문》을 발행하던 시기에 쓴 일기 한 대목만으로 그의 여성관을 재단하는 데는 무리가 있다. 그러나 여성들과 밑바닥 서민 대중을 계몽하고자 순한글신문을 펴낸 사람의 기록이어서 다소 의외이긴 하다.

참고로 그의 여성 관련 주요 논설은 아래와 같다.

〈여성 개화에 큰 기대〉

〈천기(賤妓)엔 동등권 주지 말자〉

〈여성의 학문 불요론은 남성의 편견〉

〈여성들도 보람 있는 일 찾자〉

〈미국 여성의 사회적 지위〉

〈자녀 교육에 어머니의 역할〉

〈뿌리를 배양하듯 여성 교육 필요〉

〈우리도 남성 우위의 구습 버릴 때〉

〈서양학자가 말하는 남녀 비교론〉

〈여학교 세워 국문 교육 힘써야〉

〈여성 교육도 힘써 부덕 높이자〉

〈부인학회의 교육 활동에 기대〉

〈본받을 각국의 여성 교육열〉

〈여성의 신교육은 문명국의 첫걸음〉

〈궁녀(宮女) 해방시켜 자유 생활 누리도록〉

〈여성의 사회 진출은 좋은 일〉

〈여성은 국민의 어머니, 사회의 꽃〉 등

대부분 《제국신문》에 쓴 논설이고, 맨 마지막 글은 《천도교회월보》 4권 31호에 실렸다. 그는 당대의 누구보다 여권 신장을 주창하고 남녀 동권을 역설했지만 한계도 없지 않았다. 남의 첩이 된 여자와 기생 등은 제외했기 때문이다.

그러니까 그의 여성해방론의 대상은 전체 여성이 아니었다. 다시 말해 남의 첩이 된 여자나 천한 기생에게는 동등권을 주면 안 된다는 제한적 여성 해방론을 주장한 것이었다. 그 까닭은 첩과 천기들이 스스로 하늘이 내린 천부적 동등권을 지키지 못했기에 그에 대한 죄책 감을 일깨워 주어야 한다는 것과, 만약 그들이 여학교나 부인회에 참

여한다면 사부가(士夫家)의 부인들이 참여를 거부하거나 그들의 그
릇된 행동거지를 배울 우려가 있기 때문이라는 논리였다.

그렇다고 해서 첩과 천기를 해방 대상에서 영원히 제외한 것은 아
니었다. 즉 그들이 스스로 부끄럽게 여기고 행실을 고치면 즉시 동등
권을 주어야 한다고 주장했기 때문이다.[3]

이종일이 언제 누구와 결혼하고 자식은 몇 명을 두었는지 등 가족
사에 대한 기록은 찾기 어렵다. 다만, 김용호의《옥파 이종일 연구》의
한 대목에서 대강 짐작해 볼 수 있을 듯하다.

> 옥파는 평생 동안 다섯 번이나 상처를 겪은 쓰라린 경험을 갖고 있
> 다. 그에게는 아득한 가정이나 안방의 윗목보다는 뜨거운 정열을
> 국가와 민족을 위해 소나기처럼 퍼붓는 것을 보람으로 여겼다.
> 가정을 평화롭고 행복하게 이끌기 위해 신경 쓰기보다는 대장부
> 답게 국가 사회를 위하여 큰일을 하는 것을 보람으로 여겼다.
> 언제인가 집에까지 찾아온 위창 오세창과 단둘이 술상을 앞에
> 놓고 대작을 하며 담소할 때의 일이다. "형님! 아무리 밖에서 대지
> (大志)를 펴기 위해 큰일을 한다 해도 수신제가치국(修身齊家治
> 國)이라는데 집안일에부터 성실하는 것이 순서지요……."
> 위창은 은근히 옥파의 집안을 돌보지 않는 일을 꼬집자,

11장 최후의 저항과 순국

"나는 대장부야! 큰일을 해야 하네. …… 나라와 민족을 위해 무
슨 일을 어떻게 해야 할 것인가를 생각하고 또 그 일을 성취해 내
야 할 일이지 자질구레한 집안일에 머리를 쓸 수는 없는 일일세."

옥파에게는 국가와 민족을 위해 신명을 바쳐야 한다는 의지밖
에는 없었다.[4]

향년 68세, 셋집에서 굶어 죽다

감옥에서 나온 '민족대표들'은 처신이 쉽지 않았다. 국민들은 외경의 마음으로 지켜보고, 일제는 '불령선인'으로 낙인찍어 일거수일투족을 감시했다. 그만큼 행동을 조심하고 언행에도 신중해야 했다. 자신은 물론이고 가족들까지도 힘든 삶이 계속되었다.

제2의 독립선언을 추진하다 문건이 압수되고 활동이 제지당하자 이종일의 충격은 컸다. 매사에 담대하고 호방하여 절망을 몰랐던 그에게 이 같은 좌절은 재기할 기력마저 빼앗아 갔다. 마음속에 울혈이 쌓이고 그동안의 옥살이와 고문, 돌보는 가족이 없어 부실했던 식생활, 60대 후반의 나이, 그리고 무엇보다 침체된 조선 사회의 절망적인 분위기도 한몫했을 것이다.

일제가 이른바 '문화정치'라는 미명으로 자행한 통치는 더욱 악랄

11장 최후의 저항과 순국

해졌고, 민족주의자들에 대한 감시와 통제는 갈수록 간교해졌다. 변절자가 속출했고 밀정이 들끓었다. 이웃 간에 믿음이 사라졌고 패배 의식은 커졌다.

이종일의 생계는 암담했다. 그는 민족사적인 사명 의식으로 많은 일을 해 왔지만 사복을 채울 줄 몰랐고 이해타산에 서툴렀다. 안온한 생활은 없었으나 타고난 맑은 정신과 고결한 성품 때문에 재물과는 거리가 멀었다. 그는 철저히 검소한 생활을 몸소 실천했다. 콩죽을 주식으로 했던 그는 쌀밥이 밥상 위에 올라간 일이 없다고 해도 과언이 아닐 만큼 쌀밥 먹는 것을 큰 죄나 짓는 것처럼 여겼다.

그가 손녀 이장옥에게 한 말로 당시 그의 생각을 짐작할 수 있다.

"2천만 우리 동포가 굶주리는 이 마당에 국가와 민족을 위해서 신명을 바친다는 내가 어찌 쌀밥을 먹을 수 있겠느냐."면서 끼니를 거의 콩죽으로 했으며 그것이나마 하루 두 끼니에 그쳤다.
말수가 적고 묵묵한 옥파가 즐기는 음식이라면 술을 가까이했다는 것을 대종으로 꼽을 수밖에 없다.[5]

손녀 이장옥의 증언은 이렇다.

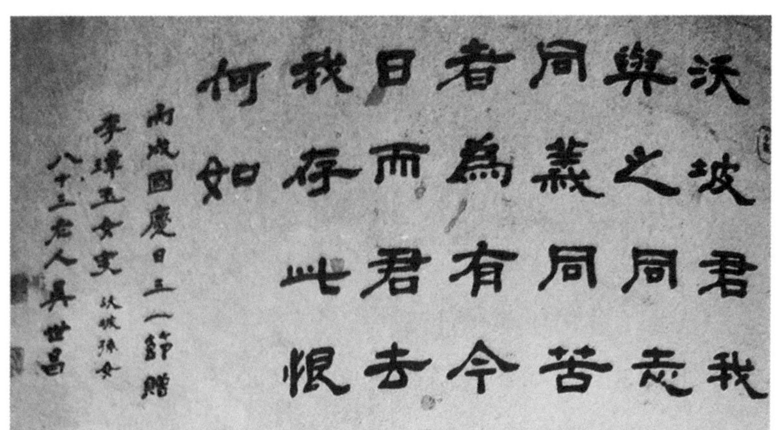

이장옥 여사에게 써 준 휘호(묵암이종일선생기념사업회)

가끔 집에 들르실 때 할아버님은 저의 손을 잡으시면서 "불쌍한 것, 할애비가 독립운동을 하고 있으니 너도 언제 환란을 당할지 모르겠구나." 하시면서 고개를 돌리시던 것이 기억납니다.

그런데 집안 식구를 이곳저곳에 맡겨 놓으신 것은 독립투쟁을 하시다가 일제에 체포될 경우 언제 사형이 되거나 옥수가 되어도 후고(後顧)를 없게 하기 위한 깊은 고려 때문이었다고 생각합니다.

나는 경운동에 살고 있었습니다.

3·1운동 며칠 전인 1919년 2월 23일 보성사로부터 은밀히 운반된 독립선언문 인쇄물은 집안에 산더미처럼 쌓였는데 그때부터 여러 사람이 드나들며 할아버님으로부터 몇백 장 혹은 몇천 장씩 선언문을 받아 가지고 나갔습니다.

11장 최후의 저항과 순국

할아버님이 안 계실 때면 내가 책임지고 독립선언문을 내주었습니다. 그때 어린 마음에도 우리나라는 반드시 독립될 것이라고 믿었습니다. 집에 드나드는 청년들의 얼굴에서 그것을 읽을 수 있었습니다.[6]

이종일은 손녀 이장옥의 아버지 이교환에게 후손이 없어서 그의 동생인 이종칠의 아들 이학순을 양자로 입적시켰으나 옥고를 치르는 동안 양자도 사망했고 그에게도 자식이 없었다. 게다가 10여 년 동안 『제국신문』을 경영하며 가산을 탕진해 버려 그의 말년에는 허물어져가는 셋집에서 끼니조차 거르며 지냈으며, 병석에 누워서도 변변한 죽 한 그릇 먹지 못하다가 결국 1925년 8월 31일 0시 10분 영양실조로 오막살이 집에서 순국했다. 향년 68세였다.[7]

이종일 선생이 아사하던 해 6월 6일 조선총독부는 조선사편수회를 설치하고 우리 역사를 근원에서부터 왜곡하는 작업을 했다. 1922년 12월 훈령 제64호를 통해 설치했던 조선사편찬위원회를 총독 직할 체제로 확대 개편한 것이다. 어용학자들이 동원되었는데, 그중에는 기미년 독립선언서를 쓴 최남선도 포함되었다.

국치 이래, 그리고 3·1혁명이 좌절된 이후 수많은 매국노와 친일파들이 일제에 빌붙어 귀족이 되었고, 은사금을 받거나 감투를 쓰고 호의호식하면서 부귀 영광을 누렸다. 그리고 나라를 지키고 되찾으려 했던 사람들은 죽임을 당하거나 굶어 죽었다. 감옥에 가고 수배된 이들도 적지 않았다.

조선 후기 학자 김득신이 억만 번*이나 외웠다는 사마천의《사기》〈백이열전(伯夷列傳)〉에 이런 글이 나온다. "백이와 숙제는 어진 덕망을 쌓고 행실을 깨끗하게 하였건만 굶어 죽었다. 춘추 시대 말기에 나타난 도적인 도척(盜跖)은 날마다 죄 없는 사람을 죽이고 그들의 간을 회 쳐 먹었다. 잔인한 짓을 하며 수천 명의 무리를 모아 제멋대로 천하를 돌아다녔지만 끝내 하늘에서 내려 준 자신의 수명을 다 누리고 죽었다. 어째서인가." 어째서일까.

오막살이 전셋집 → 영양실조 → 아사 → 절손 → 그리고 망각…잿빛 단어만 이어지는 생의 마지막 가는 길목이었다. 실학 → 동학 → 개화 → 광제창생 → 보국안민 → 순한글신문 → 독립협회 → 일제의 작위 거부 → 천도구국단 → 무장투쟁 준비 → 독립선언서 인쇄 → 민족대표 33인 → 투옥 → 제2의 독립선언 준비에 이르기까지 온통 핏빛과 보라색으로 점철된 삶이었다. 통렬한 생애였다. 남긴 것이라곤 아무것도 없어 친지와 동지들이 겨우 장례를 치렀다.

선생의 친척이자 동지였던 이종린(李鐘麟)은 부고를 듣고 이렇게

* 당시 1억은 지금의 10만을 의미했으므로 억만 번은 지금의 11만 3천 번을 의미한다.

  11장 최후의 저항과 순국

보성사 터에 위치한 이종일 선생 동상
(국가보훈처공훈전자사료관)

털어놓았다.

별안간 이런 일을 당하여 할 말이 없습니다. 사람의 평생이 우습지요. 나는 고인을 친척으로 아는 것보다 동지로서 더 잘 압니다. 내가 같이 감고하기를 30년 동안에 그의 30년 역사를 회고하면 자기를 위하여 하였다는 일은 별로 없고 오직 사회와 국가를 위하여 가산과 정열을 바쳤습니다. 성격이 고결관후하며 항상 조선 국문에 많은 취미를 가져서 국문 연구와 사학에는 포부가 깊었으며 평생을 세상을 위하여 바쳤으나, 운명할 때는 미음 거리가 없어 굶어 죽

다시피 하였으니, 이런 분이 어찌 우리 사회에 고인뿐이겠습니까. 살아서 호구를 못하고 죽어도 장례가 막연한 것이 지사의 말로라고 하면 너무 허무하지요.[8]

일제 강점기 순정한 '지사의 말로'가 이러했다. 단재 신채호의 〈조선혁명선언〉에 나오는 표현을 빌려 '강도 일본'의 치하에서는 그렇다 치고, 해방 후의 사정도 크게 다르지 않았다. 미군정과 이승만, 박정희로 이어지는 비정통의 현대사에서도 친일파와 그 후예들이 득세했다.

이종일 선생의 유해는 국립서울현충원에 묻혔고, 1962년에야 건국훈장 대통령장이 추서되었다. 민족사의 정맥을 이어 온, 심장이 뜨겁고 영혼이 맑았던 분, 개화 지식인, 계몽운동가, 지조 있는 언론인, 한글학자, 시민운동가, 사회개혁사상가, 민족종교인, 무장 독립운동가, 민족대표 33인, 독립선언문 인쇄, 제2의 독립선언 준비에 이르기까지, 선생은 생애를 관통하는 시대정신으로 준비하고 실천한 경세의 지도자였다. 그는 역사의 방향을 제대로 제시했으며, 스스로 그 길을 쭈뼛거리지 않고 걸었다.

옛글에서는 바르게 살다 간 사람을 가리켜 유방백세(流芳百世)라 하고, 잘못 살다 간 사람을 가리켜 '유취만년(遺臭萬年)'이라 했다.

그는 생활이 지극히 어려운 가운데서도 청고한 기품과 기상을 잃지 않고 자신을 지켰다. 이종일 지사보다 약간 뒤에 프랑스에서 태어난 끌로드 모르강은 독일군이 점령한 파리 한복판에서 비밀 지하신문인 《프랑스문학》을 발행했다. 그가 임종 직전에 먼저 간 동지에게 드리기 위해 지은 소설 〈꽃도 십자가도 없는 무덤〉의 한 구절을 이종일 지사에게 바친다.

몸짓도 없고

꽃도 없고

종소리도 없이

눈물도 없고

한숨도 없이

사나이답게

너의 옛 동지들

너의 친척이

너를 흙에 묻었다

순난자여.

흙은 너의 영구대

꽃도

십자가도 없는 무덤

이종일 선생 묘역(기념사업회, 묵암이종일선생기념사업회)

오직 하나의 기도는

동지여

복수다. 복수다.

너를 위해……[9]

이종일 지사의 마침표 없는 통렬한 삶을 적은 이 책을 이 문장을 덧
붙이는 것으로 마무리하려 한다.

"죽음에 대한 준비는 단 하나밖에 없다.

훌륭한 인생을 사는 것이다."

- 프란츠 카프카

주석

1장

1 유소 지음, 이승환 옮김, 《인물지》, 홍익출판사, 1999, 102~103쪽.

2 유소 지음, 이승환 옮김, 《인물지》, 홍익출판사, 1999, 43쪽.

3 박걸순, 《이종일 생애와 민족운동》, 독립기념관, 한국독립운동사연구소, 1997, 42쪽.

2장

1 이종일, 《묵암 비망록》, 1898년 1월 23일 자(인용은 박걸순 앞의 책, 〈부록 2, 묵암 비망록〉 재인용함(이후 《묵암 비망록》은 동일).

2 박걸순, 《이종일 생애와 민족운동》, 독립기념관, 1997, 15쪽.

3 이광린, 〈춘고 박영효〉, 《개화기의 인물》, 연세대학 출판부, 1993, 108쪽.

4 《제국신문》, 1899년 3월 30일 자.

5 박걸순, 《이종일 생애와 민족운동》, 독립기념관, 한국독립운동사연구소, 1997, 16쪽.

6 이종일, 《묵암 비망록》, 1898년 1월 16일 자.

7 이종일, 《묵암 비망록》, 1898년 1월 10일 자.

3장

1 이종일, 《묵암 비망록》, 1898년 6월 9일 자.

2 정진석, 《한국언론사》, 나남, 1992, 166쪽.

3 이종일, 《묵암 비망록》, 1898년 7월 4일 자.

4 이종일, 《묵암 비망록》, 1898년 8월 7일 자.

5 《제국신문》, 제1호.

6 《제국신문》, 제1호.

7 용호, 《옥파 이종일 연구》, 교학사, 1984, 93쪽.

8   이종일, 《묵암 비망록》, 1898년 8월 30일 자.

9   이종일, 《묵암 비망록》, 8월 31일 자.

10 이종일, 《묵암 비망록》, 9월 30일 자.

11 이종일, 《묵암 비망록》, 9월 30일 자.

12 《제국신문》, 1899년 11월 18일 자.

4장

1   신용하, 《한국 근대의 민족운동과 사회운동》, 문학과지성사, 2001, 98쪽.

2   김열규, 김영호, 김용섭 외, 《한국현대사6-신문화 100년》, 신구문화사, 1972, 74쪽.

3   박걸순, 《이종일 생애와 민족운동》, 독립기념관, 한국독립운동사연구소, 1997, 23쪽.

4   박걸순, 《이종일 생애와 민족운동》, 독립기념관, 한국독립운동사연구소, 1997, 23쪽. 《묵암 비망록》, 1898년 10월 29일 자.

5   이종일, 《묵암 비망록》, 1898년 10월 4일 자.

6   이종일, 《묵암 비망록》, 1898년 10월 31일 자.

7   이종일, 《묵암 비망록》, 1899년 5월 31일 자.

8   이종일, 《묵암 비망록》, 1899년 4월 27일 자.

9   《제국신문》, 1906년 4월 10일자.

10 이종일, 《묵암 비망록》, 1898년 3월 5일 자.

11 이종일, 《묵암 비망록》, 1898년 3월 9일, 3월 10일 자.

12 박걸순, 《이종일 생애와 민족운동》, 독립기념관, 1997, 27쪽.

13 이종일, 《묵암 비망록》, 1898년 3월 12일 자

14 이종일, 《묵암 비망록》, 1898년 4월 11일 자.

15 이종일, 《묵암 비망록》, 1914년 5월 22일 자.

16 신용하,《한국 근대의 민족운동과 사회운동》, 문학과지성사, 2001, 79쪽.

17 이종일, 《묵암 비망록》, 1898년 11월 10일 자.

18 《제국신문》, 1898년 10월 28일 자.

5장

1   김용호, 《옥파 이종일 연구》, 교학사, 1984, 117쪽.

2   박걸순, 《이종일 생애와 민족운동》, 독립기념관, 한국독립운동사연구소, 1997, 52쪽.

3   《제국신문》, 1900년 6월 21일 자.

4   《제국신문》, 1899년 1월 18일 자.

5   《제국신문》, 1901년 5월 4일 자.

6 박걸순, 《이종일 생애와 민족운동》, 독립기념관, 한국독립운동사연구소, 1997, 49쪽.

7 《제국신문》, 1907년 4월 13일 자.

8 《제국신문》, 1899년 1월 19일 자.

9 《제국신문》, 1899년 1월 19일 자.

10 김민환, 《한국언론사》, 사회비평사, 1996, 125쪽.

11 박걸순, 《이종일 생애와 민족운동》, 독립기념관, 한국독립운동사연구소, 1997, 28~29쪽.

12 이병도, 〈옥파 이종일 선생과 나〉, 《옥파 이종일 선생 논설집》, 권1, 1984, 577쪽.

13 묵암기념사업회, 〈옥파 이종일 선생: 경세의 위업과 생애〉, 〈손녀 이장옥 여사가 말하는 조부〉, 1979, 26쪽.

14 《제국신문》, 1900년 2월 21일 자.

15 《제국신문》, 1906년 3월 13일 자.

16 박걸순, 《이종일 생애와 민족운동》, 독립기념관, 한국독립운동사연구소, 1997, 41쪽.

6장

1 김정인, 〈일제강점기 천도교단의 민족운동연구〉, 서울대학교 박사학위 논문, 2002.

2 묵암기념사업회, 종교인으로서 본 묵암 선생,, 《옥파 이종일 선생: 경세의 위업과 생애》, 1979년, 117쪽.

3 《제국신문》, 1906년 1월 31일 자.

4 김정인, 〈일제강점기 천도교단의 민족운동연구〉, 서울대학교 박사학위 논문, 2002, 41쪽.

5 김삼웅, 《의암 손병희 평전》, 채륜, 2017, 189~190쪽.

6 박은식, 《한국독립운동지혈사》, 서문당, 1975, 126쪽.

7 이종일, 《묵암 비망록》, 1910년 10월 20일 자.

8 이종일, 《묵암 비망록》, 1910년 10월 31일 자.

9 김용호, 《옥파 이종일 연구》, 교학사, 1984, 20쪽.

10 이종일, 《묵암 비망록》, 1910년 11월 20일 자.

7장

1 박걸순, 《이종일 생애와 민족운동》, 독립기념관, 한국독립운동사연구소, 1997, 75~76쪽.

2 김용호, 《옥파 이종일 연구》, 교학사, 1984, 53쪽.

3 이종일, 《묵암 비망록》, 1914년 8월 31일 자.

4 김용호, 《옥파 이종일 연구》, 교학사, 1984, 53쪽.

8장

1 김삼웅, 《의암 손병희 평전》, 채륜, 2017, 227쪽.

2 김승학, 《한국독립사》, 통일사, 1965, 133쪽.

3 의암 손병희 선생 기념사업회 간, 《의암 손병희 선생 전기》, 1967, 321쪽.

9장

1 이종일, 《묵암 비망록》, 1919년 3월 1일 자.

2 이종일, 《묵암 비망록》, 1919년 3월 5일 자.

3 《동아일보》, 1920년 7월 13일 자.

4 이병헌 편저, 《3·1운동 비사》, 시사시보사, 1959.

5 이종일, 《묵암 비망록》, 1919년 3월 11일 자.

10장

1 이종일, 《묵암 비망록》, 1919년 12월 5일 자.

2 이종일, 《묵암 비망록》, 1919년 7월 22일 자.

3 이종일, 《묵암 비망록》, 1920년 3월 1일 자.

4 이종일, 《묵암 비망록》, 1920년 1월 31일 자.

5 신용하, 《3·1운동은 누가 왜 어떻게 일으켰는가》, 《신동아》 1989년 3월호.

6 이종일, 《묵암 비망록》, 1919년 3월 7일 자.

7 이종일, 《묵암 비망록》, 1919년 3월 2일 자.

8 조한성, 《만세열전》, 생각정원, 2019, 178쪽.

9 《조선독립신문》, 제1호.

10 조한성, 《만세열전》, 생각정원, 2019, 180~181쪽.

11 정한경, 《한국의 사정(The case od Korea): 일본의 한국 지배와 한국독립운동의 발전에 대한 증거자료 모음집》, 키아츠, 2019, 42쪽.

11장

1 이종일, 《묵암 비망록》, 1919년 3월 11일 자.

2 이종일, 《묵암 비망록》, 1921년 12월 22일 자.

3 박걸순, 《이종일 생애와 민족운동》, 독립기념관, 한국독립운동사연구소, 1997, 56쪽.

4 김용호, 《옥파 이종일 연구》, 교학사, 1984, 25~26쪽.

5 김용호, 《옥파 이종일 연구》, 교학사, 1984, 22쪽.

6 묵암기념사업회, <옥파 이종일 선생: 경세의 위업과 생애>, 묵암기념사업회, 26~27쪽.

7   묵암기념사업회, 〈옥파 이종일 선생: 경세의 위업과 생애〉, 박걸순, 《이종일 생애와 민족운동》, 독립기념관, 한국독립운동사연구소, 1997, 126쪽.

8   《동아일보》, 1925년 9월 1일 자.

9   끌로드 모르강, 문희영 역, 《꽃도 십자가도 없는 무덤》, 형성사, 1989, 71쪽.

(언론의 길을 묻다)

순한글신문을 만든 독립운동가
이종일 평전

지은이 | 김삼웅
초판 펴낸날 | 2026년 3월 1일

펴낸이 | 김남기
편집 | 전정숙
디자인 | 여YEO디자인
마케팅 | 남규조

펴낸곳 | 소동
등록 | 2002년 1월 14일(제19-0170)
주소 | 경기도 파주시 돌곶이길 178-23
전화 | 031·955·6202   070·7796·6202
팩스 | 031·955·6206
인스타그램, 페이스북 | @소동출판사
전자우편 | sodongbook@gmail.com

ISBN | 979-11-93193-20-4(03810)
값 | 18,000원

＊잘못된 책은 바꾸어드립니다.